岩 波 文 庫

31-097-2

ランボオ詩集

中原中也訳

岩 波 書 店

目　次

追加篇

中原中也譯

ランボオ詩集

RIMBAUD.

三笠書房版『ランボオ詩集《学校時代の詩》』

ARTHUR RIMBAUD

Vers de Collège

1

春であつた、オルビリュスは羅馬で病ひに苦しんでゐた
彼は身動きも出来なかつた、無情な教師、彼の剣術は中止されてゐた
その打合ひの音《ね》は、我が耳を聾さなかつた
木刀は、打続く痛みを以つて我が四肢をいためることをやめてゐた。
機《をり》もよし、私は和やかな田園に赴《はし》つた
全てを忘《ばう》じ……転地と懸念のなさとで
柔らかい欣びは研究に倦んじた我が精神を休めるのであつた。
云ふべからざる満足に充たされ、我が心は無味乾燥の学校を忘れ、彼、教師の魅力なき学課を忘れ、私ははるかな野面《のづら》を見遣り、春の大地のおもしろき、幻術を観るに余念なかつた。
子供の私は、かの田園の逍遥なぞと、洒落《しやれ》ることこそなかつたけれど

小さな我が心臓は、いと気高《けだか》き渇望に膨らむでゐた
如何なる聖霊が我が昂《たか》ぶれる五感にまで
翼を与へたか私は知らぬが、押黙つた歓賞を以て
我が眼は諸々の光景を打眺め、我が胸の裡《うち》に
やさしき田園への愛惜は忍び入るのであつた。マニェジイの磁石が或る見えざる
力に因つて、音もなくありともわかぬ鉤《かぎ》もて寄する、かの鉄環の如くであつた。

それにしても私の四肢《てあし》は、我が浮浪の幾歳月《としつき》に衰へてゐたので、
私は緑色なす川の岸辺に身をば横たへ、
たをやけきそが呟きのまにまにまどろみ、怠惰のかぎりに
鳥らの楽音、風神《ふうしん》の息吹《いぶ》きに揺られてゐた。
さて雌鳩らは谷間の空に飛びかよひ
そが白き群は、シイプルの園に、ヴェニュスが摘みし
薫れりし花の冠を咬《くは》へてゐた。
雌鳩らは、静かに飛んで、我が寝そべつてゐる

芝生の方までやつて来て、私のまはりに羽搏いて
私の頭《かうべ》を取囲み、我が双の手を
草花の鎖で以て縛《いまし》めた。又、顳顬《こめかみ》を
薫り佳き桃金嬢もて飾り付け、さて軽々《かろがろ》と私を空に連れ去つた
彼女らは雲々の間《あひだ》を抜けて、薔薇の葉に
仮睡《まどろ》みゐたりし私を運び、風神は、
そが息吹《いぶ》きもてゆるやかに、我がささやかな寝台《とこ》をあやした。

鳩ら生れの棲家に到るや
即ち迅き飛翔もて、高山《たかやま》に懸かるそが宮殿に入るとみるや、
彼女ら私を打棄てて、目覚めた私を置きざりにした。
おお、小鳥らのやさしい塒《ねぐら》！……目を射る光は
我が肩のめぐりにひろごり、我が総身はそが聖い光で以て纏はれた。
その光といふのは、影をまじへ、我らが瞳を曇らする
そのやうな光とは凡《おほよ》そ異《ちが》ひ、

その清冽な原質は此の世のものではなかつたのだ。
天界の、それがなにかはしらないが或る神明《しんめい》が、
私の胸に充ちて来て大浪のやうにただよふた。

やがて鳩らはまたやつて来た、嘴々《くちぐち》に
調べ佳き合唱を、指《およ》もて指揮するを喜んだ
アポロンのそれに似た、月桂樹編んで造れる冠携《たづさ》へ。
さて鳩らそを我が額《ぬか》に被《かづ》けるとみるや
空は展《ひら》かれ、めくるめく我が眼《め》には、
フェビュス親しく雲の上、黄金の雲の上、飛び翔けり舞ふが見られた。
フェビュスは我が上にそが神聖な腕を伸べ、
又頭の上には、天上の炎もて
《汝《なんぢ》詩人たるべし！》と記《しる》した。すると我が四肢に
異常の温暖は昇り来り、そが清澄もて光り耀く
清らの泉は太陽の光に炎え立つた。

扨も鳩ら先刻《さき》にせる姿を改め、
美神等《ヱニユス》合唱隊《コーラス》を作《な》し優しき声もて歌を唱へば
鳩らそが腕に私を抱きとり、空の方へと連れ去つた
三度《みたび》《汝、詩人たるべし！》と呼び、三度《みたび》我が額《ぬか》を月桂樹もて装《よそほ》ふて、空の方へと
連れ去つた。

千八百六十八年十一月六日
シャルルヴィル公立中学通学生
ランボオ・アルチュル
シャルルヴィルにて、千八百五十四年十月二十日生

2

天使と子供

ながくは待たれ、すみやかに、忘れ去られる新年の
子供等喜ぶ元日の日も、茲に終りを告げてゐた！
熟睡《うまゐ》の床《とこ》に埋もれて、子供は眠る
羽毛《はね》しつらへし揺籠《ゆりかご》に
音の出るそのお舐子《しやぶり》は置き去られ、
子供はそれを幸福な夢の裡にて思ひ出す
その母の年玉貰つたあとからは、天国の小父さん達からまた貰ふ。
笑ましげの脣《くち》そと開けて、唇を半ば動かし
神様を呼ぶ心持。枕許には天使立ち、
子供の上に身をかしげ、無辜な心の呟きに耳を傾け、

ほがらかなそれの額の喜びや
その魂の喜びや。南の風のまだ触れぬ
此の花を褒め讚へたのだ。

《此の子は私にそつくりだ、
空へ一緒に行かないか！　その天上の王国に
おまへが夢に見たといふその宮殿はあるのだよ、
おまへはほんとに立派だね！　地球住《ずま》ひは沢山だ！
地球では、真《しん》の勝利はないのだし、まことの幸《さち》を崇めない。
花の薫りもなほにがく、騒がしい人の心は
哀れなる喜びをしか知りはせぬ。
曇りなき怡びはなく、
不慥かな笑ひのうちに涙は光る。
おまへの純な額とて、浮世の風には萎むだらう、
憂き苦しみは蒼い眼を、涙で以て濡らすだらう、

おまへの顔の薔薇色は、死の影が来て逐ふだらう。
いやいやおまへを伴れだつて、私は空の国へ行かう、
すればおまへのその声は天の御国《みくに》の住民の佳い音楽にまさるだらう。
おまへは浮世の人々とその騒擾《どよもし》を避けるがよい。
おまへを此の世に繋ぐ糸、今こそ神は断ち給ふ。
ただただおまへの母さんが、喪の悲しみをしないやう！
その揺籃を見るやうにおまへの柩も見るやうに！
流る涙を打払ひ、葬儀の時にもほがらかに
手に一杯の百合の花、捧げてくれればよいと思ふ
げに汚れなき人の子の、最期の日こそは飾るべきだ！

いちはやく天使は翼を薔薇色の、子供の脣に近づけて、
ためらひもせず空色の翼に載せて
魂を、摘まれた子供の魂を、至上の国へと運び去る
ゆるやかなその羽搏きよ……揺籃に、残れるははや五体のみ、なほ美しさ漂へど

息づくけはひさらになく、生命《いのち》絶えたる亡骸《なきがら》よ。
そは死せり！……さはれ接唇《くちづけ》脣の上《へ》に、今も薫れり、
笑ひこそ今はやみたれ、母の名はなほ脣の辺《へ》に波立てる、
臨終《いまは》の時にもお年玉、思ひ出したりしてゐたのだ。
なごやかな眠りにその眼は閉ぢられて
なんといはうか死の誉れ？
いと清冽な輝きが、額のまはりにまつはつた。
地上の子とは思はれぬ、天上の子とおもはれた。
如何なる涙をその上に母はそそいだことだらう！
親しい我が子の奥津城に、流す涙ははてもない！
さはれ夜闌《た》けて眠る時、
薔薇色の、天の御国《みくに》の閾《しきみ》から
小さな天使は顕れて、
母《かあ》さんと、しづかに呼んで喜んだ！……
母も亦微笑《ほゝゑ》みかへせば……小天使、やがて空へと辷り出で、

雪の翼で舞ひながら、母のそばまでやつて来て
その脣《くち》に、天使の脣《くち》をつけました……

千八百六十九年九月一日
ランボオ・アルチュル
シャルルヴィルにて、千八百五十四年十月二十日生

3
エルキュルとアケロュス河の戦ひ

嘗て水に膨らむだアケロュスの河は氾濫し、
谷間に入つて迸り、その騒擾いはんかたなく、
そが浪に畜群と稔りよき収穫を薙ぎ倒し、
人家悉く潰滅し、みはるかす田畠《でんばた》は砂漠と化した。
かくてニムフはその谷を去り、
フォーヌ合唱隊亦鳴りを静め、
人々は唯手を拱《こまぬ》いて河の怒りを眺めてゐた。
此の有様をみたエルキュルは、憐憫の思ひに駆られ、
河の怒りを鎮めむものと巨大な軀《み》をば跳《をど》らせて、
逞しい双腕に泡立つ浪を逐ひまくし、

そがもとの河床に治まるやうに努めたのだ。
制《おさ》へられたる河浪は、怒濤をなして呟きながらも、
やがて蜿蜒たるもとの姿にかへつたが、
河は息切《いきぎ》れ、歯軋《はぎし》りし、そが蒼曇る背をのたくらし、
そが険呑《けんのん》な尾で以て荒《すが》れた岸を打つてゐた。
エルキュルは再び身をば投入れて、腕をもて河の頸をば締めつけた、その抵抗も
物の数かは
河は懲され、エルキュルは、その上に、大木の幹を振り翳《かざ》し、
ひつぱたきひつぱたく、河は瀕死の態《てい》となり砂原の上にのめされた。
扨エルキュルは立直り、《此の腕前を知らんかい、たはけ奴《め》が！
我猶揺籃にありし頃、二頭の龍《ドラゴン》打つて取つたる
かの時既に鍛へたる此の我が腕を知らんかい！……》
河は慚愧に顫動し、覆へされたる栄誉をば、
思へば胸は悲痛に滾《たぎ》ち、跳ねて狂へば

獰猛の眼《まなこ》は炎と燃え熾《さか》り、角は突つ立ち風を切り、
咆ゆれば天も顫へたり。
エルキュルこれを見ていたく笑ひて
ひつ捉へ、振り廻し、痙攣《ひきつけ》はじめしその五体
鞺とばかりに投げ出だし、膝にて頸をば圧へ付け、
腰に咽喉《のど》をば敷き据えて、打ち叩き打ち叩き
力の限りに懲しめば、やがては河も悶絶す。
息を絶えたる怪物に、勇ましきかなエルキュルは、
打跨つて血濡れたる、額の角を引抜いて、茲に捷利を完うす。
かくてフォーヌやドリアード、ニムフ姉妹の合唱隊《コーラス》は、
減水と富源のために働いた、彼等が勇士の愉しげに
今は木蔭に憩ひつつ、
古き捷利を思ひ合はする勇士に近づき、
かろやかに彼のめぐりをとりかこみ、
花の冠・葉飾りを、それの額に冠《かづ》けたり。

さて皆の者、彼の近くにころがりゐたりし
かの角をばその手にとらせ、血に濡れたその戦利品をば
美味な果実と薫り佳き花々をもて飾つたのだ。

千八百六十九年九月一日
シャルルヴィル公立中学通学生
ランボオ・アルチュル

4
ジュギュルタ王

諸世紀を通じ、神は此の者をば、
折々此の世に降し給ふ……
バルザック書簡。

1

彼はアラビヤの山多き地方に生れた、彼は健《すこ》やかに
軟風《そよかぜ》の云ふを聞けば、《これはこれジュギュルタが孫！……》
やがては国のため人民のため、大ジュギュルタ王とはならん此の者が、
いたいけなりし或る日のこと、

来るべき日の大ジュギュルタの幻影は、
その両親のゐる前で、此の子の上に顕れて、
その境涯を述べた後、さて次のやうに語つた
《おお我が祖国よ！　おお我が労苦に護られし国土よ！……》と、
その声は、寸時、風の神に障《さまた》げられて杜切れたが……
《嘗て悪漢の巣窟、不純なりし羅馬は、
そが狭隘の四壁を毀《こぼ》ち、雪崩《なだ》れ出で、兇悪にも、
そが近隣諸国を併合した。
それより漸く諸方に進み、やがては世界を我が有《もの》とした。
国々は、その圧迫を逃《のが》れんものと、
競ふて武器を執りはしたが、
空しく流血するばかり。
彼等に優《まさ》りし羅馬の軍は、
盟約不賛の諸国をば、その民《たみ》等をば攻め立てた。

彼はアラビヤの山多き地方に生れた、彼は健《すこや》かに
軟風《そよかぜ》の云ふを聞けば、《これはこれジュギュルタが孫！……》

我、久しきより羅馬の民は、気高《けだか》き魂《たま》を持てると信ぜり、
さはれ成人するに及びて、よくよく見るに
そが胸には、大いなる傷、口を開け、
そが四肢には、有毒な物流れたり。
それや黄金の崇拝！……そは彼等武器執る手にも現れゐたり！……
穢《けが》れたるかの都こそ、世界に君臨しゐたるかと、
よい力試《ちからだめ》し、我こそはそを打倒さんと決心し、世界を統べるその民を、爾来白眼、
　以て注視を怠らず！……

彼はアラビヤの山多き地方に生れた、彼は健《すこや》かに
軟風《そよかぜ》の云ふを聞けば、《これはこれジュギュルタが孫！……》

当時羅馬はジュギュルタが事に、
介入せんとは企てゐたり、我は
迫りくるそが縄目《なはめ》をば見逃さざりき。立つて羅馬を討たんとは決意せり
かくて我日夜悶々、辛酸の極を嘗めたり！
おお我が民よ！　我が戦士！　わが聖なる下々《しもじも》の者よ！
羅馬、かの至大の女王、世界の誇り、
かの土《ど》は、やがてぞ我が手に瓦解しゆかん。
おお如何に、我等羅馬のかの傭兵、ニュミイド人《びと》等を嗤ひしことぞ！
此の蛮民等はジュギュルタが、あらゆる隙《すき》に乗ぜんとせり
当時世に、彼等に手向ふものとてなかりし！……

彼はアラビヤの山多き地方に生れた、彼は健《すこや》かに
軟風《そよかぜ》の云ふを聞けば、《これはこれジュギュルタが孫！……》
我こそは羅馬の国土に乗り込めり、

その都までも。ニュミイドよ！　汝《なれ》が額に
我平手打《ひらてうち》を喰《くら》はせり、我は汝等《なれら》傭兵ばらを物の数とも思はざり。
茲にして彼等久しく忘れゐたりし武器を執り、
我亦立つて之に向へり。我は捷利を思はざり、
唯に羅馬に拮抗せんことこそ思へり！
河に拠り、巌嶮《いははほ》に拠りて、我敵軍に対すれば、
敵勢《ぜい》は、リビイの砂原《すなはら》、或《ある》はまた、丘上の角面堡より攻めんとす。
敵軍の血はわが野山蔽ひつつ、
我がなみならぬ頑強に、四分五裂となりやせり……

彼はアラビヤの山多き地方に生れた、彼は健《すこや》かに
軟風《そよかぜ》の云ふを聞けば、《これはこれジュギュルタが孫！……》
恐らくは我敵方《かた》の、歩兵隊をも敗りたらむを……
此の時ボキュスが裏切りに遇ひ……思ひ返すも徒《あだ》なれど、

されば我、祖国《くに》も王位も棄て去りて、
羅馬に謀反《むほん》をせしといふ、ことに甘んじてゐたりけり。

さても今復《また》フランスは、アラビヤの、都督を伐ちて誇れるも……
汝《なんぢ》、我が子よ、汝《いまし》もし、此の難関に処しも得ば、
汝《なれ》こそはげにそのかみの、我がため仇を報ずなれ。いざや戦へ！
去《い》にし日の、我等が勇気、今は汝《な》が、心に抱き進めかし、
汝等《なれ》が剣《つるぎ》振り翳せ！　ジュギュルタをこそ胸に秘め、
居並ぶ敵を押返し！　国の為なり血を流せ！
おお、アラビヤの獅子共も、此の戦ひに参ぜかし！
鋭き汝等《なれ》が牙をもて、敵の軍勢裂きもせよ！
栄《さかえ》あれ！　神冥の加護汝《なれ》にあれ！
アラビヤの恥、雪《そ》ゝげかし！……》

かくて幻影消えゆけば、幼な子は、青龍刀の玩具《おもちゃ》もて、遊び興じてゐたりけり……

2

ナポレオン！　おお！　ナポレオン！[1]　此の今様のジュギュルタは、
打負かされて、縛られて、幽閉《おしこ》められて暮したり！
茲にジュギュルタ更《あらた》めて、夢の容姿《かたち》にあらはれて
此の今様のジュギュルタにいとねもごろに云へるやう、
《新らしき神に来れかし！　汝が災害を忘れかし、
佳き年《とし》今やめぐり来て、フランス汝《なれ》を解放せん……
汝《なれ》は見るべし、フランスの治下に栄ゆるアルジェリア！……
汝《なれ》は容るべし、寛大の、このフランスの条約を、
世に並びなき信仰と、正義の司祭フランスの……
愛せよ、汝がジュギュルタを、心の限り愛すべし
さてジュギュルタが命数を、つゆ忘れずてありねかし

註1　アムボワーズの城に幽閉されたりしアブデルカデルは　ナポレオン三世の手によりて釈放されたり　時に千八百五十二年

3

これぞこれ、汝《な》に顕れしアラビヤが祖国《くに》の精神《こころ》ぞ!》

千八百六十九年七月二日

シャルルヴィル公立中学通学生

ランボオ・ジャン・ニコラス・アルチュル

5

その頃イエスはナザレに棲んでゐた。
成長に従つて徳も亦漸く成長した。
或る朝、村の家々の、屋根が薔薇色になり初《そ》める頃、
父ジョゼフが目覚める迄に、父の仕事を仕上げやらうと思ひ立ち、
まだ誰も、起きる者とてなかつたが、彼は寝床を抜け出した。
早くも彼は仕事に向ひ、その面容《おもざし》もほがらかに、
大きな鋸を押したり引いたり、
その幼い手で、多くの板を挽いたのだつた。
遐《とほ》く、高い山の上に、やがて太陽は現れて、
その眩《まぶ》しい光は、貧相な窓に射し込んでゐた。
牛飼達は牛を牽《ひ》き、牧場の方に歩みながら、

その幼い働き手を、その朝の仕事の物音を、てんでに褒めそやしてゐた。
《あの子はなんだらう、と彼等は云つた。
綺麗にも綺麗だが、由々しい顔をしてゐるよ。力は腕から迸つてゐる。
若いのに、杉の木を、上手にこなしてゐるところなぞ、まるでもう一人前だ。
昔イラムがソロモンの前で、
大きな杉やお寺の梁《はり》を、
上手に挽いたといふ時も、此の子程熱心はなかつただらう。
それに此の子のからだときたら、葦よりまつたくよくまがる。
鉞《まさかり》使ふ手許《もと》ときたら、狂ひつこなし。
此の時イエスの母親は、鋸切の音に目を覚まし、
起き出でて、静かにイエスの傍に来て、黙つて、
大きな板を扱ひ兼ねた様子をば、さも不安げに目に留めた。
唇をキツト結んで、その眼眸《まなざし》で庇《かば》ふやうに、暫くその子を眺めてゐたが。
やがて何かをその唇は呟いた。
涙の裡に笑ひを浮かべ……

するとその時鋸が折れ、子供の指は怪我をした。
彼女は自分のま白い着物で、真ッ紅な血をば拭きながら、
軽い叫びを上げた、とみるや、
彼は自分の指を引つ込め、着物の下に匿しながら、
強ひて笑顔をつくろつて、一言《ひとこと》母に何かを云つた。
母は子供にすり寄つて、その指を揉んでやりながら、
ひどく溜息つきながら、その柔い手に接唇《くちづ》けた。
顔は涙に濡れてゐた。
イエスはさして、驚きもせず、《どうして、母さん泣くのでせう！
ただ鋸の歯が、一寸擦《かす》つただけですよ！
泣く程のことはありません！》
彼は再び仕事を始め、母は黙つて
蒼ざめて、俯き顔《かほ》に案じてゐたが、
再びその子に眼を遣つて、
《神様、聖なる御心《みこころ》の、成就致されますやうに！》

千八百七十年
ア・ランボオ

野田書房版『ランボオ詩集』

初期詩篇

感動

私はゆかう、夏の青き宵は
麦穂臑刺す小径の上に、小草《をぐさ》を蹈みに、
夢想家・私は私の足に、爽々しさのつたふを覚え、
吹く風に思ふさま、私の頭をなぶらすだらう！

私は語りも、考へもしまい、だが
果てなき愛は心の裡《うち》に、浮びも来よう
私は往かう、遠く遠くボヘミヤンのやう
天地の間を、女と伴れだつやうに幸福に。

フォーヌの頭

緑金に光る葉繁みの中に、
接唇《くちづけ》が眠る大きい花咲く
けぶるがやうな葉繁みの中に
活々として、佳き刺繡《ぬひとり》をだいなしにして

ふらふらフォーヌが二つの目を出し
その皓い歯で真紅《まつか》な花を咬んでゐる。
古酒と血に染み、朱《あけ》に浸され、
その唇は笑ひに開く、枝々の下。

と、逃げ隠れた——まるで栗鼠、——

彼の笑ひはまだ葉に揺らぎ
鶯のゐて、沈思の森の金の接唇《くちづけ》
掻きさやがすを、われは見る。

びつくりした奴等

雪の中、濃霧の中の黒ン坊か
炎のみゆる気孔の前に、
　奴等車座《くるまざ》

跪づき、五人の小童《こわつぱ》——あなあはれ！——
ジッと見てゐる、麺麭屋が焼くのを
　ふつくらとした金褐の麺麭、

奴等見てゐるその白い頑丈な腕が
粘粉《ねりこ》でつちて窯に入れるを
　燃ゆる窯の穴の中。

奴等聴くのだいい麺麭の焼ける音。
ニタニタ顔の麺麭屋殿には
　古い節《ふし》なぞ唸つてる。

奴等まるまり、身動きもせぬ、
真ッ赤な気孔の息吹《いぶき》の前に
　胸かと熱い息吹の前に。

メディオノーシュ[1]に、
ブリオーシュ[2]にして
　麺麭を売り出すその時に、

煤けた大きい梁の下にて、
蟋蟀と、出来たての

麺麭の皮とが唄ふ時、

窯の息吹ぞ命を煽り、
襤褸の下にて奴等の心は、
うつとりするのだ、此の上もなく、

奴等今更生甲斐感じる、
氷花に充ちた哀れな基督《エス》たち、
　どいつもこいつも

窯の格子に、鼻面《はなづら》くつつけ、
中に見えてる色んなものに
　ぶつくさつぶやく、

なんと阿呆らし奴等は祈る

霽れたる空の光の方へ
　ひどく体《からだ》を捩じ枉げて
それで奴等の股引は裂け
それで奴等の肌糯絆
　冬の風にはふるふのだ。

註1　断肉日の最終日にとる食事。
　2　パンケーキの一種。

谷間の睡眠者

これは緑の窪、其処に小川は
銀のつづれを小草《をぐさ》にひつかけ、
其処に陽は、矜りかな山の上から
顔を出す、泡立つ光の小さな谷間。

若い兵卒、口を開《あ》き、頭は露《む》き出し
頸は露けき草に埋まり、
眠つてる、草ン中に倒れてゐるんだ雲《そら》の下《もと》、
蒼ざめて。陽光《ひかり》はそそぐ緑の寝床に。

両足を、水仙菖に突つ込んで、眠つてる、微笑むで、

病児の如く微笑んで、夢に入つてる。
自然よ、彼をあつためろ、彼は寒い！

いかな香気も彼の鼻腔にひびきなく、
陽光《ひかり》の中にて彼眠る、片手を静かな胸に置き、
見れば二つの血の孔《あな》が、右脇腹に開《あ》いてゐる。

食器戸棚

これは彫物《ほりもの》のある大きい食器戸棚
古き代の佳い趣味《あぢ》あつめてほのかな槲材。
食器戸棚は開かれてけはひの中に浸つてゐる、
古酒の波、心惹くかほりのやうに。

満ちてゐるのは、ぼろぼろの古物《こぶつ》、
黄ばんでプンとする下著類だの小切布《こぎれ》だの、
女物あり子供物、さては萎んだレースだの、
禿鷹の模様の描《か》かれた祖母《ばあさん》の肩掛もある。

探せば出ても来るだらう恋の形見や、白いのや

金褐色の髪の束《たば》、肖顔《にがほ》や枯れた花々や
それのかほりは果物《くだもの》のかほりによくは混じります。

おゝいと古い食器戸棚よ、おまへは知つてる沢山の話！
おまへはそれを話したい、おまへはそれをささやくか
徐かにも、その黒い大きい扉が開く時。

わが放浪

私は出掛けた、手をポケットに突つ込んで。
半外套は申し分なし。
私は歩いた、夜天の下を、ミューズよ、私は忠僕でした。
さても私の夢みた愛の、なんと壮観だつたこと！

独特の、わがズボンには穴が開《あ》いてた。
小さな夢想家・わたくしは、道中韻をば捻つてた。
わが宿は、大熊星座。大熊星座の星々は、
やさしくささやきささめいてゐた。

そのささやきを路傍《みちばた》に、腰を下ろして聴いてゐた

あゝかの九月の宵々よ、酒かとばかり
額《ひたひ》には、露の滴《しづく》を感じてた。

幻想的な物影の、中で韻をば踏んでゐた、
擦り剝けた、私の靴のゴム紐を、足を胸まで突き上げて、
竪琴みたいに弾きながら。

蹲踞

やがてして、兄貴カロチュス、胃に不愉快を覚ゆるに、
軒窓に一眼《いちがん》ありて其れよりぞ
磨かれし大鍋ごとき陽の光
偏頭痛さへ惹起《ひきおこ》し、眼《まなこ》どろんとさせるにぞ、
そのでぶでぶのお腹《なか》をば布団の中にと運びます。

ごそごそと、灰色の布団の中で大騒ぎ、
獲物《えもの》咬つたる年寄さながら驚いて、
ぼてぼての腹に膝をば当てまする。
なぜかなら、拳《こぶし》を壺の柄と枉げて、
肌着をばたつぷり腰までまくるため！

ところで彼氏蹲《しやが》みます、寒がつて、足の指をばちぢかめて、
麪麭の黄を薄い硝子に被《き》せかける
明るい日向にかじかむで。
扨お人好し氏の鼻こそは仮漆《ラック》と光り、
肉出来の珊瑚樹かとも、射し入る陽光《ひかり》を厭ひます。

★

お人好し氏は漫火《とろび》にあたる。腕拱み合せ、下唇をだらりと垂らし。
彼氏今にも火中に滑り、
ズボンを焦し、パイプは消ゆると感ずなり。
何か小鳥のやうなるものは、少しく動く
そのうららかなお腹《なか》でもつて、ちよいと臓物みたいなふうに！
四辺《あたり》では、使ひ古るした家具等の睡り。

垢じみた襤褸《ぼろ》の中にて、穢《けが》らはし壁の前にて、
腰掛や奇妙な寝椅子等、暗い四隅《よすみ》に
蹲まる。食器戸棚はあくどい慾に
満ちた睡気をのぞかせる歌手達《うたひて》の口を有つ。

いやな熱気は手狭《てぜま》な部屋を立ち罩める。
お人好し氏の頭の中は、襤褸布《ぼろきれ》で一杯で、
硬毛《こはげ》は湿つた皮膚の中にて、突つ張るやうで、
時あつて、猛烈可笑しい嚔も出れば、
がたがたの彼氏の寝椅子はゆれまする……

★

その宵彼氏のお臀《しり》のまはりに、月光が
光で出来た鋳物の接合線《つぎめ》を作る時、よく見れば
入り組んだ影こそ蹲《しやが》んだ彼氏にて、薔薇色の

雪の配景のその前に、たち葵かと……
面白や、空の奥まで、面《つら》はヴィーナス追つかける。

坐つた奴等

肉瘤《こぶ》で黒くて痘瘡《あばた》あり、緑《あを》い指環を嵌めたよなその眼《まなこ》、
すくむだ指は腰骨のあたりにしよむぼりちぢかむで、
古壁に、漲る瘡蓋《かさぶた》模様のやうに、前頭部には、
ぼんやりとした、気六ケ敷さを貼り付けて。

恐ろしく夢中な恋のその時に、彼等は可笑しな体軀《からだ》をば、
彼等の椅子の、黒い大きい骨組に接木《つぎき》したのでありました。
枉がつた木杭さながらの彼等の足は、夜《よる》となく
昼となく組み合はされてはをりまする！

これら老爺《ぢぢい》は何時もかも、椅子に腰掛け編物し、

強い日射しがチクチクと皮膚を刺すのを感じます、
そんな時、雪が硝子にしぼむよな、彼等のお眼《めめ》は
蟇《ひきがへる》の、いたはし顫動《ふるへ》にふるひます。

さてその椅子は、彼等に甚だ親切で、褐《かち》に燻《いぶ》され、
詰藁は、彼等のお尻の形《かた》なりになつてゐるのでございます。
甞て照らせし日輪は、甞ての日、その尖に穀粒さやぎし詰藁の
中にくるまり今も猶、燃《とも》つてゐるのでございます。

さて奴等、膝を立て、元気盛んなピアニスト？
十《じふ》の指《および》は椅子の下、ぱたりぱたりと弾《たた》きますれば、
かなし船唄ひたひたと、聞こえ来るよな思ひにて、
さてこそ奴等の頭《おつむり》は、恋々として横に揺れ。

さればこそ、奴等をば、起《た》たさうなぞとは思ひめさるな……

それこそは、横面《よこづら》はられた猫のやう、唸りを発し、湧き上り、
おもむろに、肩をばいからせ、おそろしや、
彼等の穿けるズボンさへ、むッく〳〵とふくれます。

さて彼等、禿げた頭を壁に向け、
打衝《ぶちあ》てるのが聞こえます、枉がつた足をふんばつて
彼等の服の釦こそ、鹿ノ子の色の瞳にて
それは廊下のどんづまり、みたいな眼付で睨めます。

彼等にはまた人殺す、見えないお手《てて》がありまして、
引つ込めがてには彼等の眼《め》、打たれた犬のいたいたし
眼付を想はすどす黒い、悪意を滲《にじ》み出させます。
諸君はゾッとするでせう、恐ろし漏斗に吸込まれたかと。

再び坐れば、汚ないカフスに半ば隠れた拳固《げんこ》して、

起《た》たさうとした人のこと、とつくり思ひめぐらします。
と、貧しげな顎の下、夕映《ゆふばえ》や、扁桃腺の色をして、
ぐるりぐるりと、ハチきれさうにうごきます。

やがてして、ひどい睡気が、彼等をこつくりさせる時、
腕敷いて、彼等は夢みる、結構な椅子のこと。
ほんに可愛いい愛情もつて、お役所の立派な室《へや》に、
ずらり並んだ房の下がつた椅子のこと。

インキの泡がはねッかす、句点《コンマ》の形の花粉等は、
水仙菖の線真似る、蜻蛉《とんぼ》の飛行の如くにも
彼等のお臍のまはりにて、彼等をあやし眠らする。
——さて彼等、腕をもじ〱させまする。髭がチクチクするのです。

夕べの辞

私は坐りつきりだつた、理髪師の手をせる天使そのままに、
丸溝のくつきり付いたビールのコップを手に持ちて、
下腹突き出し頸反らし陶土のパイプを口にして、
まるで平《たひら》とさへみえる、荒模様なる空の下。

古き鳩舎に煮えかへる鳥糞《うんこ》の如く、
数々の夢は私の胸に燃え、徐かに焦げて。
やがて私のやさしい心は、沈鬱にして生々《なまく》し
溶《とろ》けた金のまみれつく液汁木質さながらだつた。

さて、夢を、細心もつて嚥み下し、

身を転じ、——ビール三四十杯を飲んだので
尿意遂げんとこゝろをあつめる。
しとやかに、排香草《ヒソプ》や杉にかこまれし天主の如く、
いよ高くいよ遐く、褐色の空には向けて放尿す、
——大いなる、ヘリオトロープにうべなはれ。

教会に来る貧乏人

臭い息《いき》にてむッとする教会の隅ッこの、
樫材《かし》の床几にちよこなんと、眼《め》は一斉に
てんでに丸い脣《くち》してる唱歌隊へと注がれて。さて
二十人なる唱歌隊、大声で、敬虔な讃美歌を怒鳴《どな》ります。

蠟の臭気《にほひ》を吸ひ込める麵麭の匂ひの如くにも、
なんとはや、打たれた犬と気の弱い貧乏人等が、
旦那たり我君様たる神様に、
可笑しげな、なんとも頑固な祈禱《おいのり》を捧げるのではございます。

女連《をんなれん》、滑らかな床几に坐つてまあよいことだ、

神様が、苦しめ給ふた暗い六日《むいか》のそのあとで！
彼女等あやしてをりまする、めうな綿入《わたいれ》にくるまれて
死なんばかりに泣き叫ぶ、まだいたいけな子供をば。

胸のあたりを汚してる、肉汁《スープ》食《ぐら》ひの彼女等は、
祈りするよな眼付して、祈りなんざあしませんで、
お転婆娘の一団が、いぢくりまはした帽子をかぶり、
これみよがしに振舞ふを、ジッとみつめてをりまする。

戸外には、寒気と飢餓と、而も男はぐでんぐでん。
それもよい、しかし後刻《あと》では名もない病気！
——それなのにそのまはりでは、干柿色の婆々連《ばばあれん》、
或ひは呟き、鼻声を出し、或ひはこそこそ話します。

其処にはびッくりした奴もゐる、昨日巷で人々が

避《よ》けて通つた癲癇《てんかん》病者もゐる、
古いお弥撒《みさ》の祈禱集《おいのりぼん》に、面《つら》つッ込んでる盲者《めくら》等は
犬に連れられ来たのです。

どれもこれもが間の抜けた物欲しさうな呟きで
無限の嘆きをだらだらとエス様に訴へる
エス様は、焼絵玻璃《やきゑがらす》で黄色くなつて、高い所で夢みてござる、
痩せつぽちなる悪者や、便々腹《べんべんばら》の意地悪《いぢわる》者や

肉の臭気や織物の、黴《か》びた臭《にほ》ひも知らぬげに、
いやな身振で一杯のこの年来の狂言におかまひもなく。
さてお祈りが、美辞や麗句に花咲かせ、
真言秘密の傾向が、まことしやかな調子をとる時、
日影も知らぬ脇間《わきま》では、ごくありふれた絹の襞、

峻厳さうなる微笑《ほゝゑみ》の、お屋敷町の奥さん連《れん》、
あの肝臓の病人ばらが、——おゝ神よ！——
黄色い細いその指を、聖水盤にと浸します。

七才の詩人

母親は、宿題帖を閉ぢると、
満足して、誇らしげに立去るのであつた、
その碧い眼に、その秀でた額に、息子が
嫌悪の情を浮べてゐるのも知らないで。

ひねもす彼は、服従でうんざりしてゐた
聡明な彼、だがあのいやな顔面痙搐患つてをり、
その目鼻立ちの何処となく、ひどい偽嬌を見せてゐた。
壁紙が、黴びつた廊下の暗がりを
通る時には、股のつけ根に拳《こぶし》をあてがひ
舌をば出した、眼《めんめ》をつぶつて点々《ぽちぽち》も視た。

夕闇に向つて戸口は開いてゐた、ランプの明りに
見れば彼、敷居の上に喘いでゐる、
屋根から落ちる天窗の明りのその下で。
夏には彼、へとへとになり、ぼんやりし、
厠《かはや》の涼気のその中に、御執心にも蟄居した。
彼は其処にて思念した、落付いて、鼻をスースーいはせつゝ。

様々な昼間の匂ひに洗はれて、小園が、
家の背後《うしろ》で、冬の陽光《ひかり》を浴びる時、彼は
壁の根元に打倒れ、泥灰石に塗《まみ》れつゝ
魚の切身にそつくりな、眼《め》を細くして、
汚れた壁に匍ひ付いた、葡萄葉《ぶだうば》の、さやさやさやぐを聴いてゐた。
いたはしや！　彼の仲間ときた日には、
帽子もかぶらず色褪せた眼《め》をした哀れな奴ばかり、
市場とばかりぢぢむさい匂ひを放《あ》げる着物の下に

泥に汚れて黄や黒の、痩せた指をば押し匿し、
言葉を交すその時は、白痴のやうにやさしい奴等。
この情けない有様を、偶々見付けた母親は
慄へ上つて怒気含む、すると此の子のやさしさは
その母親の驚愕に、とまれかくまれ身を投げる。
母親だつて嘘つきな、碧い眼《め》をしてゐるではないか！

七才にして、彼は砂漠の生活の物語《ロマン》を書いた。
大沙漠、其処で自由は伸び上り、
森も陽も大草原も、岸も其処では燿《かがや》いた！
彼は絵本に助けを借りた、彼は絵本を一心に見た、
其処にはスペイン人、イタリヤ人が、笑つてゐるのが見られるのだつた。
更紗模様の着物著た、お転婆の茶目の娘が来るならば、
——その娘は八才で、隣りの職人の子なのだが、
此の野放しの娘奴《め》が、その背に編髪《おさげ》を打ゆすり、

片隅で跳ね返り、彼にとびかゝり、
彼を下敷にするといふと、彼は股《もゝ》に嚙み付いた、
その娘、ズロース穿いてたことはなく、
扨、拳固でやられ、踵《かかと》で蹴られた彼は今、
娘の肌の感触を、自分の部屋まで持ち帰る。

どんよりとした十二月の、日曜日を彼は嫌ひであつた、
そんな日は、髪に油を付けまして、桃花心木《アカジユ》の円卓に着き、
縁がキャベツの色をした、バイブルを、彼は読むのでありました。
数々の夢が毎晩寝室で、彼の呼吸を締めつけた。
彼は神様を好きでなかつた、鹿ノ子の色の黄昏《たそがれ》に場末の町に、
仕事着を着た人々の影、くり出して来るのを彼は見てゐた
扨其処には東西屋がゐて、太鼓を三つ叩いては、
まはりに集る群集を、どつと笑はせ唸らせる。
彼は夢みた、やさしの牧場、其処に耀《かゞよ》ふ大浪は、

清らの香《かほり》は、金毛は、静かにうごくかとみれば
フッ飛んでゆくのでありました。

彼はとりわけ、ほのかに暗いものを愛した、
鎧戸閉めて、ガランとした部屋の中、
天井高く、湿気に傷む寒々とした部屋の中にて、
心を凝らし気を凝らし彼が物語《ロマン》を読む時は、
けだるげな石黄色の空や又湿つた森林、
霊妙の林に開く肉の花々、
心に充ちて――眩暈《めくるめき》、転落、潰乱、はた遺恨！――
か丶る間も下の方では、街の躁音《さやぎ》のをやみなく
粗布《あらぬの》重ねその上に独りごろんと寝ころべば
粗布《あらぬの》は、満々たる帆ともおもはれて！……

盗まれた心

私の悲しい心は船尾に行つて涎を垂らす、
私の心は安い煙草にむかついてゐる。
そしてスープの吐瀉《げろ》を出す、
私の悲しい心は船尾に行つて涎を垂らす。
一緒になつてげらげら笑ふ
世間の駄洒落に打ちのめされて、
私の悲しい心は船尾に行つて涎を垂らす、
私の心は安い煙草にむかついてゐる！

諷刺詩流儀の雑兵気質の
奴等の駄洒落が私を汚した！

舵の処《とこ》には壁画が見える
諷刺詩流儀の雑兵気質の。
おゝ、玄妙不可思議の波浪よ、
私の心を浚ひ清めよ、
諷刺詩流儀の雑兵気質の
奴等の駄洒落が私を汚した。

奴等の嚙煙草《たばこ》が尽きたとなつたら、
どうすれあいいのだ？　盗まれた心よ。
それこそ妙な具合であらうよ、
奴等の煙草が尽きたとなつたら、
私のお腹《なか》が跳び上るだらう、
それで心は奪回《かへ》せるにしても。
奴等の嚙煙草《たばこ》が尽きたとなつたら、
どうすれあいいのだ？　盗まれた心よ。

ジャンヌ・マリイの手

ジャンヌ・マリイは丈夫な手してる、
だが夏負けして仄かに暗く、
蒼白いこと死人の手のやう。
――ジュアナの手とも云ふべきだ？

この双つの手は褐の乳脂を
快楽《けらく》の池に汲んだのだらうか？
この双つの手は月きららめく
澄めらの水に浸つたものか？

太古の空を飲むだのだらうか？

可愛いお膝にちよんと置かれて。
この手で葉巻を巻いただらうか、
それともダイヤを商《あきな》つたのか?

マリアの像の熱き御足に
金の花をば萎ませたらうか?
西洋莨若《はしりどころ》の黒い血は
掌《てのひら》の中で覚めたり睡《ね》たり。

双翅類をば猟り集め
まだ明けやらぬ晨《あした》のけはひを
花々の蜜の槽へと飛ばすのか?
それとも毒の注射師か?

如何なる夢が捉へたのだらう?

展伸《ひろ》げられたるこの手をば、
亜細亜のかカンガヴールのか
それともシオンの不思議な夢か？

——蜜柑を売りはしなかつた、
神々の足の上にて、日に焼けたりもしなかつた。
この手はぶざまな赤ン坊たちの
襁褓を洗つたことはない。

この手は背骨《せぼね》の矯正者、
決して悪くはしないのだ、
機械なぞより正確で、
馬よりも猶強いのだ！

猛火とうごめき

戦き慄ひ、この手の肉は
マルセイエーズを歌ふけれども
エレーゾンなぞ歌はない！

あらくれどもの狼藉は
厳冬の如くこの手に応《こた》へ、
この手の甲こそ気高い暴徒が
接唇《くちづけ》をしたその場所だ！

或時この手が蒼ざめた、
蜂起した巴里市中の
霰弾砲の唐銅《からかね》の上に
托された愛の太陽の前で！

神々しい手よ、甞てしらじらしたことのない

我等の脣《くち》を顫はせる手よ、
時としておまへは拳《こぶし》の形して、その拳《こぶし》に
一連《ひとつら》の、指環もがなと叫ぶのだ！

又時としてその指々の血を取つて、
おまへがさつぱりしたい時、
天使のやうな手よ、それこそは
我等の心に、異常な驚き捲き起すのだ。

やさしい姉妹

若者、その眼は輝き、その皮膚は褐色《かちいろ》、
裸かにしてもみまほしきその体軀《からだ》
月の下にて崇めらる、ペルシャの国の、
或る知られざる神の持つ、銅《あかがね》に縁《ふち》どられたる額して、

慓悍なれども童貞の悲観的なるやさしさをもち
おのが秀れた執心に誇りを感じ、
若々し海かはた、ダイアモンドの地層の上に
きららめく真夏の夜々の涙かや、

此の若者、現世《うつしよ》の醜悪の前に、

心の底よりゾッとして、いたく苛立ち、
癒しがたなき傷手を負ひてそれよりは、
やさしき妹《いも》のありもせばやと、思ひはじめぬ。

さあれ、女よ、臓腑の塊り、憐憫の情持てるもの、
汝、女にあればとて、吾《あ》の謂ふやさしき妹《いも》にはあらじ！
黒き眼眸《まなざし》、茶色めく影睡る腹持たざれば、
軽やかの指、ふくよかの胸持たざれば。

目覚ます術《すべ》なき大いなる眸子《ひとみ》をもてる盲目《めくら》の女よ、
わが如何なる抱擁もつひに汝《なれ》には訝かしさのみ、
我等に附纏《いつきまと》ふのはいつでも汝《おまへ》、乳房の運び手、
我等おまへを接唇《くちづけ》る、穏やかに人魅する情熱《パシオン》よ。

汝《な》が憎しみ、汝《な》が失神、汝が絶望を、

即ち嘗ていためられたるかの獣性を、
月々に流されるかの血液の過剰の如く、
汝《なれ》は我等に返報《むく》ゆなり、おゝ汝、悪意なき夜よ。

★

一度《ひとたび》女がかの恐惶、愛の神、
生の呼び声、行為の歌に駆り立てられるや、
緑の美神《ミューズ》と正義の神は顕れて
そが厳めしき制縛もて彼を引裂くのであつた！
絶えず〱壮観と、静謐に渇する彼は、
かの執念の姉妹《あねいもと》には見棄てられ、
やさしさ籠めて愚痴を呟き、巧者にも
花咲く自然に血の出る額を彼は与へるのであつた。

だが冷厳の錬金術、神学的な研鑽は
傷付いた彼、この倨傲なる学徒には不向きであつた。
狂暴な孤独はかくて彼の上をのそりのそりと歩き廻つた。
か丶る時、まこと爽かに、いつかは彼も馴《な》めるべき

死の忌はしさの影だになく、真理の夜々の空にみる
かの夢とかの壮麗な逍遥は、彼の想ひに現れて、
その魂に病む四肢に、呼び覚まされるは
神秘な死、それよやさしき妹《いも》なるよ！

最初の聖体拝受

I

それあもう愚劣なものだ、村の教会なぞといふものは
其処に可笑しな村童の十四五人、柱に垢をつけながら
神聖なお説教がぽつりぽつりと話されるのを聴いてゐる、
まこと奇妙な墨染の衣、その下では靴音がごそごそとしてゐる。
あゝそれなのに太陽は木々の葉越しに輝いてゐる、
不揃ひな焼絵《やきゑ》玻璃《がらす》の古ぼけた色を透して輝いてゐる。

石は何時でも母なる大地を呼吸してゐる。
さかりがついて荘重に身顫ひをする野原の中には
泥に塗《まみ》れた小石の堆積《やま》なぞ見受けるもので、

重つたるい麦畑の近く、赫土の小径の中には
焼きのまはつた小さな木々が立つてゐて、よくみれば青い実をつけ、
黒々とした桑の樹の瘤《こぶ》や、怒気満々たる薔薇の木の瘤、

百年目毎に、例の美事な納屋々々は
水色か、クリーム色の野呂で以て塗換へられる。
ノートル・ダムや藁まみれの聖人像の近傍に
たとへ異様な聖物はごろごろし過ぎてゐようとも、
蝿は旅籠屋や牛小舎に結構な匂ひを漂はし
日の当つた床からは蠟を鱈腹詰め込むのだ。

子供は家に尽さなければならないことで、つまりその
凡々たる世話事や人を愚鈍にする底の仕事に励まにやならぬのだ。
彼等は皮膚がむづむづするのを忘れて戸外《そと》に出る、
皮膚にはキリストの司祭様が今し効験顕著《あらたか》な手をば按《お》かれたのだ。

彼等は司祭様には東屋の蔭濃き屋根を提供する
すると彼等は日焼けした額をば陽に晒させて貰へるといふわけだ。

最初《はじめて》の黒衣よ、どらやきの美しく見ゆる日よ、
ナポレオンの形をしたのや小判の形をしたの
或ひは飾り立てられてジョゼフとマルトが
恋しさ余つて舌《べろ》を出した絵のあるものや
——科学の御代にも似合《ふさ》はしからうこれらの意匠——
これら僅かのものこそが最初の聖体拝受の思ひ出として彼等の胸に残るもの。

娘達は何時でもはしやいで教会に行く、
若い衆達から猥《わい》なこと囁かれるのをよいことに
若い衆達はミサの後、それとも愉快な日暮時、よく密会をするのです。
屯営部隊のハイカラ者なる彼等ときては、カフヱーで
勢力のある家々のこと、あしざまに云ひ散らし、

新しい作業服着て、恐ろしい歌を怒鳴るといふ始末。
扨、主任司祭様には子供達のため絵図を御撰定遊ばした。
主任司祭様の菜園に、かの日暮時、空気が遠くの方から
そこはかとなく舞踏曲に充ちてくる時、
主任司祭様には、神様の御禁戒にも拘らず
足の指がはしやぎだすのやふくらはぎがふくらむのをお感じになる……
――夜が来ると、黒い海賊船が金の御空に現れ出ます。

Ⅱ

司祭様は郊外や豊かな町々の信者達の間から
名も知れぬ一人の少女を撰り出しなされた
その少女の眼は悲しげで、額は黄色い色をしてゐた。
その両親は親切な門番か何かのやうです。
《聖体拝受のその日に、伝導師の中でもお偉い神様は

この少女の額に聖水を、雪と降らしめ給ふであらう。》

Ⅲ

最初の聖体拝受の前日に、少女は病気になりました。
上等の教会の葬式の日の喧噪よりも甚だしく
はじめまづ悪寒が来ました、――寝床は味気なくもなかつた、
並《なみ》ならぬ悪寒は繰返し襲つて来ました、《私は死にます……》

恋の有頂天が少女の愚かな姉妹達を襲つた時のやうに、
少女は打萎れ両手を胸に置いたまゝ、熱心に
諸天使や諸所のエス様や聖母様を勘定しはじめました、
そして静かに、なんとも云へぬ喜びにうつとりするのでありました。

神様！……――羅典の末期にありましては、
緑の波形《なみがた》ある空が朱色《あけ》の、

天の御胸《みむね》の血に染《し》みた人々の額を潤ほしました、
雪のやうな大きな麻布は、太陽の上に落ちかゝりました！——

現在の貞潔のため、将来の貞潔のために
少女はあなたの『容赦《みゆるし》』の爽々しさにむしやぶりついたのでございますが、
水中の百合よりもジャムよりももつと
あなたの容赦《みゆるし》は冷たいものでございました、おゝシオンの女王様よ！

III

それからといふもの聖母ははや書物《ほん》の中の聖母でしかなかつた、
神秘な熱も時折衰へるのであつた……
退屈《アンニユイ》や、どぎつい極彩色や年老いた森が飾り立てる
御容姿《みすがた》の数々も貧弱に見え出してくるのであつた、
どことなく穢らはしい貴重な品の数々も

貞純にして水色の少女の夢を破るのであつた、
又脱ぎ捨てられた聖衣の数々、
エス様が裸体をお包みなされたといふ下著をみては吃驚するのでありました。

それなのになほも彼女は願ふ、遣瀬なさの限りにゐて、
歔欷に窪んだ枕に伏せて、而も彼女は
至高のお慈悲のみ光の消えざらんやう願ふのであつた
扨涎《よだれ》が出ました…… ――夕闇は部屋に中庭に充ちてくる。

少女はもうどうしやうもない。身を動かし腰を伸ばして、
手で青いカーテンを開く、
涼しい空気を少しばかり敷布や
自分のお腹《なか》や熱い胸に入れようとして。

V

夜中目覚めて、窓はいやに白つぽかつた
燈火《ひかり》をうけたカーテンの青い睡気のその前に。
日曜日のあどけなさの幻影が彼女を捉える
今の今迄真紅《まつか》な夢を見てゐたつけが、彼女は鼻血を出しました。

身の潔白を心に感じ身のか弱さを心に感じ
神様の温情《みなさけ》をこころゆくまで味ははうとて、
心臓が、激昂《たかぶ》つたりまた鎮まつたりする、夜《よる》を彼女は望んでゐました。
そのやさしい空の色をば心に想ひみながらも、

夜《よる》、触知しがたい聖なる母は、すべての若気を
灰色の沈黙《しじま》に浸してしまひます、
彼女は心が血を流し、声も立て得ぬ憤激が
捌《は》け口見付ける強烈な夜《よる》を望んでゐたのです。

扨夜《よる》は、彼女を犠牲《にへ》としました配偶となし、
その星は、燭火手に持ち、見てました、
白い幽霊とも見える仕事着が干されてあつた中庭に
彼女が下り立ち、黒い妖怪《おばけ》の屋根々々を取払ふのを。

Ⅵ

彼女は彼女の聖い夜《よる》をば厠の中で過ごしました。
燭火《あかり》の所、屋根の穴とも云ひつべき所に向けて、
白い気体は流れてゐました、青銅色の果《み》をつけた野葡萄の木は
隣家《となり》の中庭《には》のこつちをばこつそり通り抜けるのでした。

天窗は、ほのぼの明《あか》る火影《あかり》の核心
窓々の、硝子に空がひつそりと鍍金してゐる中庭の中
敷石は、アルカリ水の匂ひして
黒い睡気で一杯の壁の影をば甘んじて受けてゐるのでありました……

Ⅶ

誰か恋のやつれや浅ましい恨みを口にするものぞ
また、潔い人をも汚すといふかの憎悪《にくしみ》が
もたらす所為を云ふものぞ、おゝ穢らはしい狂人等、
折も折かの癩が、こんなやさしい肉体を啖《くら》はんとするその時に……

Ⅷ

さて彼女に、ヒステリックな錯乱がまたも起つて来ますといふと
彼女は目《ま》のあたり見るのです、幸福な悲愁の思ひに浸りつつ、
恋人が真つ白い無数のマリアを夢みてゐるのを、
愛の一夜の明け方に、いとも悲痛な面持《おももち》で。

《御存じ？　妾《あたし》が貴方を亡くさせたのです。妾は貴方のお口を心を、
人の持つてるすべてのもの、えゝ、貴方のお持ちのすべてのものを

奪つたのでした。その妾は病気です、妾は寝かせて欲しいのです
夜《よ》の水で水飼はれるといふ、死者達の間に、私は寝かせて欲しいのです

《妾は稚《わか》かつたのです、キリスト様は妾の息吹をお汚しなすつた、
その時妾は憎悪《にくしみ》が、咽喉《のど》までこみあげましたのです！
貴方は妾の羊毛と、深い髪毛に接唇《くちづけ》ました、
妾はなさるがまゝになつてゐた……あゝ、行つて下さい、その方がよろしいのです、

《男の方々《かたがた》は！　愛情こまやかな女といふものが
汚い恐怖《おそれ》を感《おぼ》える時は、どんなにはぢしめられ、
どんなにいためられるものであるかにお気付きならない
又貴方への熱中のすべてが不品行《あやまち》であることにお気付きならない！

《だつて妾の最初の聖体拝受は取行はれました。
妾は貴方の接唇《くちづけ》を、お受けすることは出来ません、

妾の心と、貴方がお抱きの妾のからだは
エス様の腐つた接唇でうよ〳〵してます！》

IX

かくて敗れた魂と悲しみ悶える魂は
キリストよ、汝が呪咀の滔々と流れ流れるを感ずるのです、
——男等は、汝が不可侵の『憎悪』の上に停滞《とどま》つてゐた、
死の準備のためにとて、真正な情熱を逃れることにより、

キリストよ！　汝永遠の精力の掠奪者、
父なる神は二千年もの間、汝が蒼白さに捧げしめ給ふたといふわけか
恥と頭痛で地に縛られて、
動顚したる、女等のいと悲しげな額をば。

酔ひどれ船

私は不感な河を下つて行つたのだが、
何時しか私の曳船人等は、私を離れてゐるのであつた、
みれば罵り喚く赤肌人《あかはだびと》等が、彼等を的《まと》にと引ッ捕へ、
色とりどりの棒杭に裸かのままで釘附けてゐた。

私は一行の者、フラマンの小麦や英綿《えいめん》の荷役には
とんと頓着してゐなかつた
曳船人等とその騒ぎとが、私を去つてしまつてからは
河は私の思ふまま下らせてくれるのであつた。

私は浪の狂へる中を、さる冬のこと

子供の脳より聾乎《ぼつ》として漂つたことがあつたつけが！
怒濤を繞らす半島と雖も
その時程の動乱を蒙《う》けたためしはないのであつた。

嵐は私の海上に於ける警戒ぶりを讃歎した。
浮子《うき》よりももつと軽々《かろがろ》私は浪間に躍つてゐた
犠牲者達を永遠にまろばすといふ浪の間に
幾夜ともなく船尾《とも》の燈《ひ》に目の疲れるのも気に懸けず。

子供が食べる酸い林檎よりもしむみりと、
緑の水はわが樅の船体に滲むことだらう
又安酒《やすざけ》や嘔吐の汚点《しみ》は、舵も錨も失せた私に
無暗矢鱈に降りかかつた

その時からだ、私は海の歌に浴した

星を鏤め乳汁のやうな海の、
生々《なま〱》しくも吃水線は蒼ぐもる緑の空に見入つてあれば
折から一人の水死人、思ひ深げに下つてゆく、

其処に忽ち蒼然色《あをーいいろ》は染め出され、おどろしく
またゆるゆると陽のかぎろひのその下を、
アルコールよりもなほ強く、竪琴よりも渺茫と、
愛執のにがい茶色も漂つた！

私は知つてゐる稲妻に裂かれる空を龍巻を
打返す浪を潮流を。私は夕べを知つてゐる、
群れ立つ鳩にのぼせたやうな曙光《あけぼの》を、
又人々が見たやうな気のするものを現に見た。

不可思議の畏怖《おそれ》に染《し》みた落日が

紫の長い凝結《こごり》を照らすのは
古代の劇の俳優か、
大浪は遠くにはためき逆巻いてゐる。

私は夢みた、眩いばかり雪降り積つた緑の夜を
接唇《くちづけ》は海の上にゆらりゆらりと立昇り、
未聞の生気は循環し
歌ふがやうな燐光は青に黄色にあざやいだ。

私は従つた、幾月も幾月も、ヒステリックな
牛小舎に似た大浪が暗礁を突撃するのに、
もしもかの光り耀《かゞよ》ふマリアの御足《みあし》が
お望みとあらば太洋に猿轡かませ給《たま》ふも儘なのを気が付かないで。

船は衝突《あた》つた、世に不可思議なフロリダ州

人の肌膚《はだへ》の豹の目は叢《むら》なす花にいりまじり、
手綱の如く張りつめた虹は遥かの沖の方
海緑色の畜群に、いりまじる。

私は見た、沼かと紛《まが》ふ巨大な魚梁《やな》が沸き返るのを
其処にレヴィヤタンの一族は草に絡まり腐りゆき、
凪の中心《もなか》に海水は流れいそそぎ
遠方《をちかた》は淵を目がけて滝となる！

氷河、白銀の太陽、真珠の波、燠の空、
褐色の入江の底にぞつとする破船の残骸、
其処に大きな蛇は虫にくはれて
くねくねの木々の枝よりどす黒い臭気をあげては堕ちてゐた！

子供等に見せたかつたよ、碧波《あをなみ》に浮いてゐる鯛、

其の他金色の魚、歌ふ魚、
漚の花は私の漂流を祝福し、
えもいへぬ風は折々私を煽《おだ》てた。

時として地極と地帯に飽き果てた殉教者・海は
その歔欷《すゝりなき》でもつて私をあやし、
黄色い吸口のある仄暗い花をばかざした
その時私は膝つく女のやうであつた

半島はわが船近く揺らぎつつ金褐の目の
怪鳥の糞と争ひを振り落とす、
かくてまた漂ひゆけば、わが細綱を横切つて
水死人の幾人か後方《しりへ》にと流れて行つた……

私としてからが浦々の乱れた髪に踏み迷ひ

鳥も棲まはぬ気圏《そら》までも颶風によつて投げられたらば
海防艦《モニトル》もハンザの船も
水に酔つた私の屍骸《むくろ》を救つてくれはしないであらう、

思ひのままに、煙吹き、紫色の霧立てて、
私は、詩人等に美味しいジャミや、
太陽の蘚苔《こけ》や青空の鼻涕《はな》を呉れる
壁のやうに赤らんだ空の中をずんずん進んだ、

電気と閃く星を著け、
黒い海馬に衛《まも》られて、狂へる小舟は走つてゐた、
七月が、丸太ン棒で打つかとばかり
燃える漏斗のかたちした紺青の空を揺るがせた時、

私は慄へてゐた、五十里の彼方にて

べへモと渦潮《うづ》の発情の気色《けはひ》がすると、
ああ永遠に、青き不動を紡ぐ海よ、
昔ながらの欄干に倚る欧羅巴が私は恋しいよ。

私は見た！　天にある群島を！　その島々の
狂ほしいまでのその空は漂流《ただよ》ふ者に開放されてた、
底知れぬこんな夜々には眠つてゐるのか、もう居ないのか
おゝ、百万の金の鳥、当来の精力よ！

だが、惟へば私は哭き過ぎた。曙は胸抉《あぐ》り、
月はおどろしく陽はにがかつた。
どぎつい愛は心蕩《とろ》かす失神で私をひどく緊《し》めつけた。
おゝ！　龍骨も砕けるがよい、私は海に没してしまはう！

よし今私が欧羅巴の水を望むとしても、それははや

黒い冷たい林の中の豬水《いけみづ》で、其処に風薫る夕まぐれ
子供は蹲んで悲しみで一杯になつて、放つのだ
五月の蝶かといいたいけな笹小舟。

あゝ浪よ、ひとたびおまへの倦怠にたゆたつては、
綿船《わたぶね》の水脈《みを》ひく跡を奪ひもならず、
旗と炎の驕慢を横切《よぎ》りもならず、
船橋の、恐ろしい眼の下をかいくぐることも、出来ないこつた。

虱捜す女

嬰児の額が、赤い憤気《むづき》に充ちて来て、
なんとなく、夢の真白の群がりを乞ふてゐるとき、
美しい二人の処女《をとめ》は、その臥床辺《ふしどべ》に現れる、
細指の、その爪は白銀の色をしてゐる。

花々の乱れに青い風あたる大きな窓辺に、
二人はその子を坐らせる、そして
露滴《しづ》くふさふさのその子の髪に
無気味なほども美しい細い指をばさまよはす。

さて子供《かれ》は聴く気づかはしげな薔薇色のしめやかな蜜の匂ひの

するやうな二人の息《いき》が、うたふのを
唇にうかぶ唾液か接唇を求める慾か
ともすればそのうたは杜切れたりする。

子供《かれ》は感じる処女《をとめ》らの黒い睫毛がにほやかな雰気《けはひ》の中で
まばたくを、また敏捷《すばしこ》いやさ指が、
鈍色《にびいろ》の懶怠《たゆみ》の裡《うち》に、あでやかな爪の間で
虱を潰す音を聞く。

たちまちに懶怠《たゆみ》の酒は子供の脳にのぼりくる、
有頂天になりもやせんハモニカの溜息か。
子供は感ずる、ゆるやかな愛撫につれて、
絶え間なく泣きたい気持が絶え間なく消長するのを。

母音

Aは黒、Eは白、Iは赤、Uは緑、Oは青、母音たち、
おまへたちの隠密な誕生をいつの日か私は語らう。
A、眩ゆいやうな蠅たちの毛むくぢやらの黒い胸衣《むなぎ》は
むごたらしい悪臭の周囲を飛びまはる、暗い入江。

E、蒸気や天幕《テント》のはたゝめき、誇りかに
槍の形をした氷塊、真白の諸王、繖形花顫動、
I、緋色の布、飛散《とびち》つた血、怒りやまた
熱烈な悔悛に於けるみごとな笑ひ。

U、循環期、鮮緑の海の聖なる身慄ひ、

動物散在する牧養地の静けさ、錬金術が
学者の額に刻み付けた皺の静けさ。

O、至上な喇叭の異様にも突裂《つんざ》く叫び、
人の世と天使の世界を貫く沈黙、
――その目紫の光を放つ、物の終末!

四行詩

星は汝が耳の核心に薔薇色に沸き、
無限は汝《な》が頸《うなじ》より腰にかけてぞ真白に巡る、
海は朱《あけ》き汝《なれ》が乳房を褐色《かちいろ》の真珠とはなし、
して人は黒き血ながす至高の汝《なれ》が脇腹の上……

鳥

神よ、牧場が寒い時、
さびれすがれた村々に
御告《みつげ》の鐘も鳴りやんで
見渡すかぎり花もない時、
高い空から降《お》ろして下さい
あのなつかしい鳥たち。

厳《いか》しい叫びの奇妙な部隊よ、
木枯は、君等の巣《ねぐら》を襲撃し！
君等黄ばんだ河添ひに、
古い十字架立つてる路に、

溝に窪地に、
飛び散れよ、あざ嗤へ！

幾千ともなくフランスの野に
昨日の死者が眠れる其処に、
冬よ、ゆつくりとどまるがよい、
通行人等《とほるひと》がしむみりせんため！
君等義務《つとめ》の叫び手となれ、
お丶わが喪服の鳥たちよ！

だが、あ丶御空《みそら》の聖人たちよ、夕暮迫る檣《マスト》のやうな
槲の高みにゐる御身たち、
五月の頬白見逃してやれよ
あれら森の深みに繋がれ、
出ること叶はず草地に縛られ、

しようこともない輩《ともがら》のため！

飾画篇

静寂

アカシヤのほとり、
波羅門僧の如く聴け。
四月に、櫂は
鮮緑よ！

きれいな靄の中にして
フェツベの方《かた》に！　みるべしな
頭の貌《かたち》が動いてる
昔の聖者の頭のかたち……

明るい藁塚はた岬、

うつくし甍をとほざけて
媚薬《びやく》取り出しこころみし
このましきかな古代人《びと》……

さてもかの、
夜《よる》の吐き出す濃い霧は
祭でもなし
星でなし。

しかすがに彼等とどまる
――シシリーやアアルマーニユ、――
かの蒼ざめ愁《かな》しい霧の中《うち》、
粛として！

涙

鳥たちと畜群と、村人達から遐く離れて、
私はとある叢林の中に、蹲んで酒を酌んでゐた
榛の、やさしい森に繞られて。
生ッぽい、微温の午後は霧がしてゐた。

かのいたいけなオワズの川、声なき小楡、花なき芝生、
垂れ罩めた空から私が酌んだのは——
瓢《ひさご》の中から酌めたのは、味もそつけもありはせぬ
徒に汗をかゝせる金の液。

かくて私は旅籠屋《はたごや》の、ボロ看板となつたのだ。

やがて嵐は空を変へ、暗くした。
黒い国々、湖水《みづうみ》々々《みづうみ》、竿や棒、
はては清夜の列柱か、数々の船著場か。

樹々の雨水《あめみづ》砂に滲《し》み、
風は空から氷片を、泥池めがけてぶつつけた……
あゝ、金、貝甲の採集人かなんぞのやうに、
私には、酒なぞほんにどうでもよいと申しませう。

カシスの川

カシスの川は何にも知らずに流れる
　異様な谷間を、
百羽の鳥が声もて伴《つ》れ添ふ……
　ほんによい天使の川波、
樅の林の大きい所作に、
　沢山の風がくぐもる時。

すべては流れる、昔の田舎や
　訪はれた牙塔や威儀張つた公園の
抗《あらが》ふ神秘とともに流れる。
　彷徨へる騎士の今は亡き情熱も、

此の附近《あたり》にして人は解する。
　それにしてもだ、風の爽かなこと！

飛脚は矢来に何を見るとも
　なほも往くだらう元気に元気に。
領主が遣はした森の士卒か、
　烏、おまへのやさしい心根《こころね》！
古い木片《きぎれ》で乾杯をする
　狡獪な農夫は此処より立去れ。

朝の思ひ

夏の朝、四時、
愛の睡気がなほも漂ふ
木立の下。東天は吐き出だしてゐる
　楽しい夕べのかのかほり。

だが、彼方《かなた》、エスペリイドの太陽の方《かた》、
大いなる工作場では、
シヤツ一枚の大工の腕が
　もう動いてゐる。

荒寥たるその仕事場で、冷静な、

彼等は豪奢な屋敷の準備《こしらへ》
あでやかな空の下にて微笑せん
　都市の富貴の下準備《したごしらへ》。

お丶、これら嬉しい職人のため
バビロン王の臣下のために、
ヱニュスよ、偶には打棄《うつちや》るがいい
　心驕れる愛人達を。

　お丶、牧人等の女王様！
彼等に酒をお与へなされ
正午《ひる》、海水を浴びるまで
彼等の力が平静に、持ちこたえられますやうに。

ミシェルとクリスチイヌ

馬鹿な、太陽が軌道を外《はづ》れるなんて！
失せろ、浩水！　路々の影を見ろ。
柳の中や名誉の古庭の中だぞ、
雷雨が先づ大きい雨滴をぶつけるのは。

お、　百の仔羊よ、牧歌の中の金髪兵士達よ、
水路橋よ、痩衰へた灌木林よ、
失せろ！　平野も沙漠も牧野も地平線も
雷雨の真ッ赤な化粧《おめかし》だ！

黒犬よ、マントにくるまつた褐色の牧師よ、

目覚ましい稲妻の時を逃れよ。
ブロンドの畜群よ、影と硫黄が漂ふ時には、
ひそかな私室に引籠るがよい。

だがあ丶神様！　私の精神は翔んでゆきます
赤く凍つた空を追ふて、
レールと長いソローニユの上を
飛び駆ける空の雲の、その真下を。

見よ、千の狼、千の蛮民を
まんざらでもなささうに、
信仰風な雷雨の午後は
漂流民の見られるだらう古代欧羅巴に伴れてゆく！

さてその後刻《あと》には月明の晩！　曠野の限りを、

赤らむだ額を夜空の下に、戦士達
蒼ざめた馬を徐かに進める！
小石はこの泰然たる隊の足下で音立てる。

——さて黄色い森を明るい谷間を、
碧い眼《め》の嫁を、赤い額の男を、それよゴールの国を、
さては可愛いい足の踰越祭《すぎこし》の白い仔羊を、
ミシェルとクリスチイヌを、キリストを、牧歌の極限を私は想ふ！

渇の喜劇

Ⅰ

祖先《みおや》

私達《わし》はおまへの祖先《みおや》だ、
　祖先《みおや》だよ！
月や青物の
冷《ひや》こい汗にしとど濡れ。
私達《わし》の粗末なお酒は心を持つてゐましたぞ！
お日様に向つて嘘偽《うそいつはり》のないためには
人間何が必要か？　飲むこつてす。

小生。――野花の上にて息絶ゆること。
私達《わし》はおまへの祖先《みおや》だ、
　田園に棲む。
ごらん、柳のむかふを水は、
湿つたお城のぐるりをめぐつて
ずうつと流れてゐるでせう。
さ、酒倉へ行きますよ、
林檎酒《シイドル》もあればお乳もあります。

小生。――牝牛等呑んでる所《とこ》へゆく。

私達《わし》はおまへの祖先《みおや》。
　さ、持つといで
戸棚の中の色んなお酒。

上等の紅茶、上等の珈琲、
薬鑵の中で鳴つてます。
——絵をごらん、花をごらん。
私達《わし》は墓の中から甦《かへ》つて来ますよ。
小生。——骨甕をみんな、割つちやへばよい。

Ⅱ

精神

永遠無窮な水精《みづはめ》は、
　きめこまやかな水分割《わか》て。
ヹニュス、蒼天の妹は、
　きれいな浪に情けを含めよ。

ノルヱーの彷徨ふ猶太人等は、
　雪について語つてくれよ。
追放されたる古代人等は、
　海のことを語つてくれよ。
小生。——きれいなお魚《さかな》はもう沢山、
　水入れた、コップに漬ける造花だの、
絵のない昔噺は
　もう沢山。
小唄作者よ、おまへの名附け子、
　水螅《ヒイドル》こそは私の渇望《かはき》、
憂ひに沈み衰耗し果てる

口なき馴染みのかの水螅《ヒイドル》。

Ⅲ

仲間

おい、酒は浜辺に
　浪をなし！
ピリッとくる奴、苦味酒《ビットル》は
　山の上から流れ出す！

どうだい、手に入れようではないか、
緑柱めでたきかのアプサン宮《きう》……

小生。——なにがなにやらもう分らんぞ。
　ひどく酔つたが、勘弁しろい。

俺は好きだぞ、随分好きだ、
池に漬つて腐るのは、
あの気味悪い苔水の下
漂ふ丸太のそのそばで。

Ⅲ

哀れな空想

恐らくはとある夕べが俺を待つ
或る古都で。
その時こそは徐かに飲まう
満足をして死んでもゆかう、
たゞそれまでの辛抱だ！

もしも俺の不運も終焉《をは》り、
お金が手に入ることでもあつたら、
その時はどつちにしたものだらう？
北か、それとも葡萄の国か？……
――まあまあ今からそんなこと、

空想したつてはじまらぬ。
仮りに俺がだ、昔流儀の
旅行家様になつたところで
あの緑色の旅籠屋が
今時《いまどき》あらうわけもない。

V
結論

青野にわななく鳩《ふたこゑどり》、
追ひまはされる禽獣《とりけもの》、
水に棲むどち、家畜どち、
頻死の蝶さへ渇望《かはき》はもつ。

さば雲もろとも融けること、
——すがすがしさにうべなはれ、
曙《あけぼの》が、森に満たするみづみづし
菫の上に息絶ゆること！

恥

刃《は》が脳漿を切らないかぎり、
白くて緑《あを》くて脂《あぶら》ぎつたる
このムッとするお荷物の
さつぱり致さう筈もない……

（あ、、奴は切らなけあなるまいに、
その鼻、その脣《くち》、その耳を
その腹も！　すばらしや、
脚も棄てなけあなるまいに！）

だが、いや、確かに

頭に刃、
脇に砂礫《こいし》を、
腸に火を

加へぬかぎりは、寸時たりと、
五月蠅い子供の此ン畜生が、
ちよこまかと
謀反気やめることもない

モン・ロシウの猫のやう、
何処《どこ》も彼処《かしこ》も臭くする！
――だが死の時には、神様よ、
なんとか祈りも出ますやう……

若夫婦

部屋は濃藍の空に向つて開かれてゐる。
所狭いまでに手文庫や櫃！
外面《そとも》の壁には一面のおはぐろ花
そこに化物の歯茎は顫へてゐる。

なんと、天才流儀ぢやないか、
この消費《つひえ》、この不秩序は！
桑の実呉れるアフリカ魔女の趣好もかくや
部屋の隅々には鉛縁《なまりぶち》。

と、数名の者が這入つて来る、不平面《づら》した名附親等が、

色んな食器戸棚の上に光線《ひかり》の襞を投げながら、
さて止る！　若夫婦は失礼千万にも留守してる
そこでと、何にもはじまらぬ。

聟殿は、乗ぜられやすい残臭を、とゞめてゐる、
その不在中、ずつとこの部屋中に。
意地悪な水の精等も
寝床をうろつきまはつてゐる。

夜《よ》の微笑、新妻《にひづま》の微笑、おゝ！　蜜月は
そのかずかずを摘むのであらう、
銅《あかがね》の、千の帯にてかの空を満たしもしよう。
さて二人は、鼠ごつこもするのであらう。

――日が暮れてから、銃を打つ時出るやうな

気狂ひじみた蒼い火が、出さへしなければあいいがなあ。

——寧ろ、純白神聖なベツレヘムの景観が、

この若夫婦の部屋の窓の、あの空色を悩殺するに如かずである！

忍　耐

或る夏の。

菩提樹の明るい枝に
病弱な鹿笛の音は息絶える。
しかし意力のある歌は
すぐりの中を舞ひめぐる。
血が血管で微笑めば、
葡萄の木と木は絡まり合ふ。
空は天使と美しく、
空と波とは聖体拝受。
外出だ！　光線《ひかり》が辛いくらゐなら、
苔の上にてへたばらう。

やれ忍耐だの退屈だのと、
芸もない話ぢやないか！……チェツ、苦労とよ。
ドラマチックな夏こそは
『運』の車にこの俺を、縛つてくれるでこそよろし、
自然よ、おまへの手にかゝり、
——ちつとはましに賑やかに、死にたいものだ！
ところで羊飼さへが、大方は
浮世の苦労で死ぬるとは、可笑しなこつた。

季節々々がこの俺を使ひ減らしてくれゝばいい。
自然よ、此の身はおまへに返す、
これな渇きも空腹《ひもじさ》も。
お気に召したら、食はせろよ、飲ませろよ。
俺は何にも惑ひはしない。

御先祖様や日輪様にはお笑草でもあらうけど、
俺は何にも笑ひたかない
たゞこの不運に屈托だけはないやうに！

永　遠

また見付かつた。
何がだ？　永遠。
去《い》つてしまつた海のことさあ
太陽もろとも去《い》つてしまつた。

見張番の魂よ、
白状しようぜ
空無な夜《よ》に就き
燃ゆる日に就き。

人間共の配慮から、

世間共通《ならし》の逆上《のぼせ》から、
おまへはさつさと手を切つて
飛んでゆくべし……

もとより希望があるものか、
願ひの条《すぢ》があるものか
黙つて黙つて勘忍して……
苦痛なんざあ覚悟の前。

繻子の肌した深紅の燠よ、
それそのおまへと燃えてゐれあ
義務《つとめ》はすむといふものだ
やれやれといふ暇もなく。

また見付かつた。

何がだ？　永遠。
去《い》つてしまつた海のことさあ
太陽もろとも去《い》つてしまつた。

最も高い塔の歌

何事にも屈従した
無駄だつた青春よ
繊細さのために
私は生涯をそこなつたのだ、

おゝ！　心といふ心の
陶酔する時の来らんことを！

私は思つた、忘念しようと、
人が私を見ないやうにと。
いとも高度な喜びの

約束なしには
何物も私を停めないやう
厳かな隠遁よと。

ノートルダムの影像《イマージュ》をしか
心に持たぬ惨めなる
さもしい限りの
千の寡婦等も、

処女マリアに
祈らうといふか?

私は随分忍耐もした
決して忘れもしはすまい。

つもる怖れや苦しみは
空に向つて昨日去《い》つた。
今たゞわけも分らぬ渇きが
私の血をば暗くする。

忘れ去られた
牧野ときたら
香《かほり》と毒麦身に着けて
ふくらみ花を咲かすのだ、
汚い蠅等の残忍な
翅音《はおと》も伴ひ。

何事にも屈従した

無駄だつた青春よ、
纖細さのために
私は生涯をそこなつたのだ。
あゝ！　心といふ心の
陶酔する時の来らんことを！

彼女は埃及舞妓か？

彼女は埃及舞妓《アルメ》か？……かはたれどきに
火の花と崩《くづほ》れるのぢやあるまいか……

繁華な都会にほど遠からぬ
壮んな眺めを前にして！

美しや！　おまけにこれはなくてかなはぬ
——海女《あま》や、海賊の歌のため、

だつて彼女の表情は、消え去りがてにも猶海の
夜《よる》の歓宴《うたげ》を信じてた！

幸　福

季節《とき》が流れる、城寨《おしろ》が見える、
無疵な魂《もの》なぞ何処にあらう？

季節《とき》が流れる、城寨《おしろ》が見える、

私の手がけた幸福の
秘法を誰が脱《のが》れ得よう。

ゴオルの鶏《とり》が鳴くたびに、
「幸福」こそは万歳だ。

もはや何にも希ふまい、
私はそいつで一杯だ。
身も魂も恍惚《とろ》けては、
努力もへちまもあるものか。
　季節《とき》が流れる、城寨《おしろ》が見える。
私が何を言つてるのかつて？
言葉なんぞはふつ飛んぢまへだ！
　季節《とき》が流れる、城寨《おしろ》が見える！

飢餓の祭り

俺の飢餓よ、アンヌ、アンヌ、
　驢馬に乗つて失せろ。

俺に食慾《くひけ》があるとしてもだ
土や礫《いし》に対してくらゐだ。
Dinn! dinn! dinn! dinn!　空気を食はう、
岩を、炭を、鉄を食はう。

飢餓よ、あつちけ。草をやれ、
　音《おん》の牧場に！
昼顔の、愉快な毒でも

吸ふがいい。

乞食が砕いた礫《いし》でも啖《くら》へ、
教会堂の古びた石でも、
洪水の子の磧の石でも、
寒い谷間の麵麭でも啖へ！

飢餓とはかい、黒い空気のどんづまり、
　空鳴り渡る鐘の音。
――俺の袖引く胃の腑こそ、
　それこそ不幸といふものさ。

土から葉つぱが現れた。
熟れた果肉にありつかう。
畑に俺が摘むものは

野蒿苣《のぢしや》に菫だ。

俺の飢餓よ、アンヌ、アンヌ、
驢馬に乗つて失せろ。

海　景

銀の戦車や銅《あかがね》の戦車、
鋼《はがね》の船首や銀の船首、
泡を打ち、
茨の根株を掘り返す。

曠野の行進、
干潮の巨大な轍《あと》は、
円を描いて東の方へ、
森の柱へ波止場の胴へ、
くりだしてゐる、
波止場の稜は渦巻く光でゴツゴツだ。

追加篇

孤児等のお年玉

I

薄暗い部屋。
ぼんやり聞こえるのは
二人の子供の悲しいやさしい私話《ささやき》。
互ひに額を寄せ合つて、おまけに夢想《ゆめ》で重苦しげで、
慄へたり揺らいだりする長い白いカーテンの前。
戸外《そと》では、小鳥たちが寄り合つて、寒がつてゐる。
灰色の空の下で彼等の羽はかじかんでゐる。
さて、霧の季節の後《あと》に来た新年は、
ところどころに雪のある彼女の衣裳を引摺りながら、
涙をうかべて微笑をしたり寒さに慄へて歌つたりする。

II

二人の子供は揺れ動くカーテンの前、
低声で話をしてゐます、恰度暗夜に人々がさうするやうに。
遠くの囁でも聴くやう、彼等は耳を澄ましてゐます。
彼等屢々、目覚時計の、けざやかな鈴《りん》の音には
びつくりするのでありました、それはりんりん鳴ります　鳴ります、
硝子の覆ひのその中で、金属的なその響き。
部屋は凍てつく寒さです。寝床の周囲《まはり》に散らばつた
喪服は床《ゆか》まで垂れてます。
酷《きび》しい冬の北風は、戸口や窓に泣いてゐて、
陰気な息吹を此の部屋の中までどんどん吹込みます。
彼等は感じてゐるのです、何かゞ不足してゐると……
それは母親なのではないか、此のいたいけな子達にとつて、
それは得意な眼眸《まなざし》にこにこ微笑を湛へてる母親なのではないでせうか？

母親は、夕方独りで様子ぶり、忘れてゐたのでありませうか、
灰を落としてストーブをよく燃えるやうにすることも、
彼等の上に羊毛や毬毛《わたげ》をどつさり掛けることも？
彼等の部屋を出てゆく時に、お休みなさいを云ひながら、
その晨方《あさがた》が寒いだらうと、気の付かなかつたことでせうか、
戸締《とじ》めをしつかりすることさへも、うつかりしてゐたのでせうか？
——母の夢、それは微温の毛氈です、
柔らかい塒《ねぐら》です、其処に子供等小さくなつて、
枝に揺られる小鳥のやうに、
ほのかなねむりを眠ります！
今此の部屋は、羽なく熱なき塒《ねぐら》です。
二人の子供は寒さに慄へ、眠りもしないで怖れにわななき、
これではまるで北風が吹き込むための塒《ねぐら》です……

Ⅲ

諸君は既にお分りでせう、此の子等に母親はありません。
養母《そだておや》さへない上に、父は他国にゐるのです！……
そこで婆やがこの子等の、面倒はみてゐるのです。
つまり凍つた此の家に住んでゐるのは彼等だけ……
今やこれらの幼い孤児が、嬉しい記憶を彼等の胸に
徐々に徐々にと繰り展《ひろ》げます、
恰度お祈りする時に、念珠を爪繰るやうにして。
あゝ！　お年玉、貰へる朝の、なんと嬉しいことでせう。
明日《あした》は何を貰へることかと、眠れるどころの騒ぎでない。
わくわくしながら玩具《おもちや》を想ひ、
金紙包《きんがみづつ》みのボンボン想ひ、キラキラきらめく宝石類は、
しやなりしやなりと渦巻き踊り、
やがて見えなくなるかとみれば、またもやそれは現れてくる。

さて朝が来て目が覚める、直ぐさま元気で跳《は》ね起きる。
目を擦《こす》つてゐる暇もなく、口には唾《つばき》が湧くのです、
さて走つてゆく、頭はもぢやもぢや、
目玉はキヨロキヨロ、嬉しいのだもの、
小さな跣足《はだし》で床板踏んで、
両親の部屋の戸口に来ると、そをつとそをつと扉に触れる、
さて這入ります、それからそこで、御辞儀……寝巻のまんま、
接唇《ベーゼ》は頻《しき》つて繰返される、もう当然の躁ぎ方です！

III

あゝ！　楽しかつたことであつた、何べん思ひ出されることか……
——変り果てたる此の家《や》の有様《さま》よ！
太い薪は炉格《シュミネ》の中で、かつかかつかと燃えてゐたつけ。
家中明るい燈火は明《あか》り、
それは洩れ出て外《そと》まで明るく、

机や椅子につやつやひかり、
鍵のしてない大きな戸棚、鍵のしてない黒い戸棚を
子供はたびたび眺めたことです、
鍵がないとはほんとに不思議！　そこで子供は夢みるのでした、
戸棚の中の神秘の数々、
聞こえるやうです、鍵穴からは、
遠いい幽かな嬉しい囁き……
——両親の部屋は今日ではひつそり！
ドアの下から光も漏れぬ。
両親はゐぬ、家よ、鍵よ、
接唇《ベーゼ》も言葉も呉れないまゝで、去《い》つてしまつた！
なんとつまらぬ今年の正月！
ジッと案じてゐるうち涙は、
青い大きい目に浮かみます、
彼等呟く、『何時母さんは帰つて来ンだい？』

V

今、二人は悲しげに、眠つてをります。
それを見たらば、眠りながらも泣いてると諸君は云はれることでせう、
そんなに彼等の目は腫れてその息遣ひは苦しげです。
ほんに子供といふものは感じやすいものなのです！……
だが揺籃を見舞ふ天子は彼等の涙を拭ひに来ます。
そして彼等の苦しい眠に嬉しい夢を授けます。
その夢は面白いので半ば開いた彼等の唇《くち》は、
やがて微笑み、何か呟くやうに見えます。
彼等はぽちやぽちやした腕に体重《おもみ》を凭《もた》せ、
やさしい目覚めの身振りして、頭を擡《もた》げる夢をばみます。
そして、ぼんやりした目してあたりをずつと眺めます。
彼等は薔薇の色をした楽園にゐると思ひます……
パッと明るい竈には薪がかつかと燃えてます、

窓からは、青い空さへ見えてます。
大地は輝き、光は夢中になつてます、
半枯《はんかれ》の野面《のも》は蘇生の嬉しさに、
陽射しに身をばまかせてゐます、
さても彼等のあの家が、今では総体《いつたい》に心地よく、
古い着物ももはやそこらに散らばつてゐず、
北風も扉の隙からもう吹込みはしませんでした。
仙女でも見舞つてくれたことでせう！……
——二人の子供は、夢中になつて、叫んだものです……おや其処に、
母さんの寝床の傍に明るい明るい陽を浴びて、
ほら其処に、毛氈《タピー》の上に、何かキラキラ光つてゐる。
それらみんな大きいメタル、銀や黒のや白いのや、
チラチラ耀く黒玉や、真珠母や、
小さな黒い額縁や、玻璃の王冠、
みれば金字が彫り付けてある、『我等が母に！』と。

〔千八百六十九年末つ方〕

太陽と肉体

太陽、この愛と生命の家郷は、
嬉々たる大地に熱愛を注ぐ。
我等谷間に寝そべつてゐる時に、
大地は血を湧き肉を躍らす、
その大いな胸が人に激昂させられるのは
神が愛によつて、女が肉によつて激昂させられる如くで、
又大量の樹液や光、
凡ゆる胚種を包蔵してゐる。

一切成長、一切増進！

お丶美神《ヱニユス》、お丶女神！
若々しい古代の時を、放逸な半人半山羊神《サチール》たちを。
獣的な田野の神々《フオーヌ》を私は追惜します、
愛の小枝の樹皮をば齧り、
金髪ニンフを埃及蓮《はす》の中にて、接唇しました彼等です。
地球の生気や河川の流れ、
樹々の血潮《ちしほ》が仄紅《ほのくれなゐ》に
牧羊神《パン》の血潮と交《まざ》り循《めぐ》つた、かの頃を私は追惜します。
当時大地は牧羊神の、山羊足の下に胸ときめかし、
牧羊神が葦笛とれば、空のもと
愛の頌歌はほがらかに鳴渡つたものでした、
野に立つて彼は、その笛に答へる天地の
声々を聞いてゐました。
黙《もだ》せる樹々も歌ふ小鳥に接唇《くちづけ》し、
大地は人に接唇し、海といふ海

生物といふ生物が神のごと、情けに篤いことでした。
壮観な市々《まちまち》の中を、青銅の車に乗つて
見上げるやうに美しかつたかのシベールが、
走り廻つてゐたといふ時代を私は追惜します。
乳房ゆたかなその胸は顥気の中に
不死の命の霊液をそゝいでゐました。
『人の子』は吸つたものです、よろこんでその乳房をば、
子供のやうに、膝にあがつて。
だが『人の子』は強かつたので、貞潔で、温和でありました。

なさけないことに、今では彼は云ふのです、俺は何でも知つてると、
そして、眼《め》をつぶり、耳を塞いで歩くのです。
それでゐて『人の子』が今では王であり、
『人の子』が今では神なのです！　『愛』こそ神であるものを！
おゝ！　神々と男達との大いなる母、シベールよ、

そなたの乳房をもしも男が、今でも吸ふのであつたなら！
昔青波《せいは》の限りなき光のさ中に顕れ給ひ
浪かほる御神体、泡降りかゝる
紅《とき》の臍《ほぞ》をば示現し給ひ、
森に鶯、男の心に、愛を歌はせ給ひたる
大いなる黒き瞳も誇りかのかの女神
アスタルテ、今も此の世におはしなば！

Ⅱ

私は御身を信じます、聖なる母よ、
海のアフロヂテよ！——他の神がその十字架に
我等を繋ぎ給ひてより、御身への道のにがいこと！
肉、大理石、花、ヹニュス、私は御身を信じます！
さうです、『人の子』は貧しく醜い、空のもとではほんとに貧しい、
彼は衣服を着けてゐる、何故ならもはや貞潔でない、

何故なら至上の肉体を彼は汚してしまつたのです、
気高いからだを汚いわざで
火に遇つた木偶《でく》といぢけさせました！
それでゐて死の後までも、その蒼ざめた遺骸の中に
生きんとします、最初の美なぞもうないくせに！
そして御身が処女性を、ゆたかに賦与され、
神に似せてお作りなすつたあの偶像、『女』は、
その哀れな魂を男に照らして貰つたおかげで
地下の牢から日の目を見るまで、
ゆるゆる暖められたおかげで、
おかげでもはや娼婦にやなれぬ！
——奇妙な話！　かくて世界は偉大なヱニュスの
優しく聖なる御名《みな》に於て、ひややかに笑つてゐる。

Ⅲ

もしかの時代が帰りもしたらば！　もしかの時代が帰りもしたらば！……
だつて『人の子』の時代は過ぎた、『人の子』の役目は終つた。
かの時代が帰りもしたらば、その日こそ、偶像壊《こぼ》つことにも疲れ、
彼は復活するでもあらう、あの神々から解き放たれて、
天に属する者の如く、諸天を吟味しだすであらう。
理想、砕くすべなき永遠の思想、
かの肉体《にく》に棲む神性は
昇現し、額の下にて燃えるであらう。
そして、凡ゆる地域を探索する、彼を御身が見るだらう時、
諸々の古き扼の侮蔑者にして、全ての恐怖に勝てる者、
御身は彼に聖・贖罪を給ふでせう。
海の上にて壮厳に、輝く者たる御身はさて、
微笑みつゝは無限の『愛』を、
世界の上に投ぜんと光臨されることでせう。
世界は顫へることでせう、巨大な竪琴さながらに

かぐはしき、巨《おほ》いな愛撫にぞくぞくしながら……

——世界は『愛』に渇《かつ》えてゐます、御身よそれをお鎮め下さい、
お丶肉体のみごとさよ！　お丶素晴らしいみごとさよ！
愛の来復、黎明《よあけ》の凱旋
神々も、英雄達も身を屈め、
エロスや真白のカリピイジュ
薔薇の吹雪にまよひつ丶
足の下《もと》なる花々や、女達をば摘むでせう！

Ⅲ

お丶偉大なるアリアドネ、おまへはおまへの悲しみを
海に投げ棄てたのだつた、テエゼの船が
陽に燦いて、去つてゆくのを眺めつつ、
お丶貞順なおまへであつた、闇が傷めたおまへであつた、

黒い葡萄で縁取つた、金の車でリジアスが、
驃駻な虎や褐色の豹に牽かせてフリジアの
野をあちこちとさまよつて、青い流に沿ひながら
進んでゆけば仄暗い波も恥ぢ入るけはひです。
牡牛ゼウスはイウロペの裸かの身をば頸にのせ
軽々とこそ揺すぶれば、波の中にて寒気《さむけ》する
ゼウスの丈夫なその頸《くび》に、白い腕《かひな》をイウロペは掛け、
ゼウスは彼女に送ります、悠然として秋波《ながしめ》を、
彼女はやさしい蒼ざめた自分の頬をゼウスの顔に
さしむけて眼《まなこ》を閉ぢて、彼女は死にます
神聖な接唇《べーぜ》の只中に、波は音をば立ててます
その金色の泡沫《しはぶき》は、彼女の髪毛に花となる。
夾竹桃と饒舌《おしやべり》な白蓮の間《あはひ》をすべりゆく
夢みる大きい白鳥は、大変恋々《れんれん》してゐます、
その真つ白の羽をもてレダを胸には抱締めます、

さてヹニュス様のお通りです、
めづらかな腰の丸みよ、反身《そりみ》になつて
幅広の胸に黄金《こがね》をはれがましくも、
雪かと白いそのお腹《なか》には、まつ黒い苔が飾られて、
エラクレス、この調練師《ならして》は誇りかに、
獅の毛皮をゆたらかな五体に締めて、
恐《こは》いうちにも優しい顔して、地平の方《かた》へと進みゆく！……
おぼろに照らす夏の月の、月の光に照らされて
立つて夢みる裸身のもの
丈長髪も金に染み蒼ざめ重き波をなす
これぞ御存じドリアード、沈黙《しじま》の空を眺めゐる……
苔も閃めく林間の空地《あきち》の中の其処にして、
肌も真白のセレネエは面帕《かつぎ》なびくにまかせつつ、
エンデミオンの足許に、怖づ怖づとして、
蒼白い月の光のその中で一寸接唇《くちづけ》するのです……

泉は遐くで泣いてます　うつとり和《なご》んで泣いてます……
甕に肘をば突きまして、若くて綺麗な男をば
思つてゐるのはかのニンフ、波もて彼を抱締める……
愛の微風は闇の中、通り過ぎます……
さてもめでたい森の中、大樹々々の凄さの中に、
立つてゐるのは物云はぬ大理石像、神々の、
それの一つの御顔《おんかほ》に鶯は塒《ねぐら》を作り、
神々は耳傾けて、『人の子』と『終りなき世』を案じ顔。

〔一八七〇、五月〕

オフェリア

I

星眠る暗く静かな浪の上、
蒼白のオフェリア漂ふ、大百合か、
漂ふ、いともゆるやかに長き面帕《かつぎ》に横たはり。
遐くの森では鳴つてます鹿逐詰めし合図の笛。

以来千年以上です真白の真白の妖怪の
哀しい哀しいオフェリアが、其処な流れを過ぎてから。
以来千年以上ですその恋ゆゑの狂《くる》ひ女《め》が
そのロマンスを夕風に、呟いてから。

風は彼女の胸を撫で、水にしづかにゆらめける
彼女の大きい面帕《かほぎぬ》を花冠《くわくわん》のやうにひろげます。
柳は慄へてその肩に熱い涙を落とします。
夢みる大きな額の上に蘆が傾きかかります。

傷つけられた睡蓮たちは彼女を囲繞《とりま》き溜息します。
彼女は時々覚まします、睡つてゐる榛《はんのき》の
中の何かの塒《ねぐら》をば、すると小さな羽ばたきがそこから逃れて出てゆきます。
不思議な一つの歌声が金の星から堕ちてきます。

Ⅱ

雪の如くも美しい、おゝ蒼ざめたオフェリアよ、
さうだ、おまへは死んだのだ、暗い流れに運ばれて！
それといふのもノルヱーの高い山から吹く風が
おまへの耳にひそひそと酷《むご》い自由を吹込んだため。

それといふのもおまへの髪毛に、押寄せた風の一吹が、
おまへの夢みる心には、ただならぬ音とも聞こえたがため、
それといふのも樹の嘆かひに、夜毎の闇の吐く溜息に、
おまへの心は天地の声を、聞き落《もら》すこともなかつたゆゑに。

それといふのも潮《うしほ》の音《おと》が、さても巨いな残喘のごと、
情けにあつい子供のやうな、おまへの胸を痛めたがため。
それといふのも四月の朝に、美々《びゝ》しい一人の蒼ざめた騎手、
哀れな狂者がおまへの膝に、黙つて坐りにやつて来たため

何たる夢想ぞ、狂ひし女よ、天国、愛恋、自由とや、おゝ！
おまへは雪の火に於るがごと、彼に心も打靡かせた。
おまへの見事な幻想はおまへの誓ひを責めさいなんだ。
——そして無残な無限の奴は、おまへの瞳を震駭《びつくり》させた。

III

扨詩人奴《め》が云ふことに、星の光をたよりにて、
嘗ておまへの摘んだ花を、夜毎おまへは探しに来ると。
又彼は云ふ、流れの上に、長い面帕《かつぎ》に横たはり、
真《ま》ツ白白《しろしろ》のオフェリアが、大きな百合かと漂つてゐたと。

〔一八七〇、六月〕

首吊人等の踊り

愛嬌のある不具者《かたはもの》＝絞首台氏のそのほとり、
踊るわ、踊るわ、昔の刺客等、
悪魔の家来の、痩せたる刺客等、
サラヂン幕下の骸骨たちが。

ビエルヂバブ閣下事には、ネクタイの中より取り出しめさるゝ
空を睨んで容子振る、幾つもの黒くて小さなからくり人形、
さてそれらの額《おでこ》の辺りを、古靴の底でポンと叩いて、
踊らしめさるゝ、踊らしめさるゝ、ノエル爺《ぢぢい》の音に合せて！
機嫌そこねたからくり人形《パンタン》事《こと》には華車《ちやち》な腕をば絡ませ合つて、

黒い大きなオルガンのやう、昔綺麗な乙女達が
胸にあててた胸当のやう、
醜い恋のいざこざにいつまで衝突合《ぶつかり》ふのです。

ウワーッ、陽気な踊り手には腹《おなか》もない
踊り狂へばなんだろとまゝよ、大道芝居はえてしてて長い！
喧嘩か踊りかけぢめもつかぬ！
怒《いき》り立つたるビエルヂバブには、遮二無二ヴィオロン掻きめさる！

おゝ頑丈なそれらの草履《サンダル》、磨減《すりへ》ることとてなき草履《サンダル》よ！……
どのパンタンも、やがて間もなく、大方肌著を脱いぢまふ。
脱がない奴とて困つちやをらぬ、悪くも思はずけろりとしてる。
頭蓋《あたま》の上には雪の奴めが、白い帽子をあてがひまする。

亀裂《ひび》の入《はい》つたこれらの頭に、烏は似合ひのよい羽飾り。

彼等の痩せたる顎の肉なら、ピクリピクリと慄へてゐます。
わけも分らぬ喧嘩騒ぎの、中をそは〳〵往つたり来たり、
しやちこばつたる剣客刺客の、厚紙《ボール》の兜は鉢合せ。

ウワーッ、北風ピューピュー、骸骨社会の大舞踏会の真ッ只中に！
大きい鉄のオルガンさながら、絞首台氏も吼えまする！
狼たちも吠えてゆきます、彼方《かなた》紫色《むらさきいろ》の森。
地平の果では御空が真ッ赤、地獄の色の真ッ赤です……

さても忘れてしまひたいぞえ、これら陰気な威張屋連中、
壊れかゝつたごつごつ指にて、血の気も失せたる椎骨の上
恋の念珠を爪繰る奴等、陰険《いや》な奴等は忘れたいぞえ！
味もへちまも持つてるもんかい、くたばりきつたる奴等でこそあれ！
さもあらばあれ、死人の踊の、その中央《たゞなか》で跳ねてゐる

狂つた大きい一つの骸骨、真ッ赤な空の背景の前。
息《いき》も激しく苛立ちのぼせ、後脚《あとあし》跳ねかし牡馬の如く、
硬い紐をば頸には感じ、

十《じふ》の指《および》は腰骨の上、ピクリピクリと痙攣いたし、
冷笑《ひやかしわらひ》によく似た音立て、大腿骨《こしのおほぼね》ギシギシ軋らす、
さていま一度、ガタリと跳ねる、骨の歌声、踊りの際中《もなか》、
も一度跳ねる、掛小舎で、道化が引ッ込む時するやうに。

愛嬌のある不具者《かたはもの》＝絞首台氏のそのほとり、
踊るわ、踊るわ、昔の刺客等、
悪魔の家来の痩せたる刺客等、
サラヂン幕下の骸骨たちが。

〔一八七〇、六月〕

タルチュッフの懲罰

わくわくしながら、彼の心は、恋慕に燃えて
僧服の下で、幸福おぼえ、手袋はめて、
彼は出掛けた、或日のことに、いとやさしげな
黄色い顔して、歯欠けの口から、信心垂らし

彼は出掛けた、或日のことに――《共に祈らん《オレミュス》》――
と或る意地悪、祝福された、彼の耳をば手荒に摑み
極悪の、文句を彼に、叩き付けた、僧服を
じめじめの彼の肌から引ッ剝ぎながら。

いい気味だ！……僧服の、釦は既に外《はづ》されてゐた、

多くの罪過を赦してくれた、その長々しい念珠をば
心の裡にて爪繰りながら、聖タルチュッフは真《ま》ッ蒼《さを》になつた。
ところで彼は告解してゐた、お祈りしてゐた、喘ぎながらも。
件の男は嬉々として、獲物を拉つてゆきました。
——フッフッフッ！　タルチュッフ様は丸裸か。

〔一八七〇、七月〕

海の泡から生れたヴィナス

ブリキ製の緑の棺からのやうに、褐色の髪に
ベトベトにポマードを附けた女の頭が、
古ぼけた浴槽の中からあらはれる、どんよりと間の抜けた
その顔へはまづい化粧がほどこされてゐる。

脂《あぶら》ぎつた薄汚い頸《くび》、幅広の肩胛骨《かひがらぼね》は
突き出てゐるし、短い脊中はでこぼこだ。
皮下の脂肪は、平らな葉のやう、
腰の丸みは、飛び出しさうだ。

脊柱《せすぢ》は少々赤らんでゐる、総じて異様で

ぞつとする。わけても気になる
奇態な肉瘤《こぶ》。

腰には二つの、語が彫つてある、Clara Venus と。
——胴全体が大きいお尻を、動かし、緊張《ひきし》め、
肛門の、潰瘍は、見苦しくも美しい。

ニイナを抑制するものは

彼曰く――

そなたが胸をばわが胸の上《へ》に、
　そぢやないか、俺等《おいら》は行かうぜ、
鼻ン腔《あな》アふくらましてヨ、
　空ははればれ

朝のお日様アおめへをうるほす
　酒でねえかヨ……
寒げな森が、血を出してらアな
　恋しさ余つて、

枝から緑の雫を垂れてヨ、
　若芽出してら、
それをみてれアおめへも俺も、
　肉が顫はア。

苜蓿《うまごやし》ン中おめへはブッ込む
　長《なげ》エ肩掛、
大きな黒瞳《くろめ》のまはりが青味の
　聖なる別嬪、

田舎の、恋する女ぢやおめへは、
　何処へでも
まるでシャンペンが泡吹くやうに
　おめへは笑を撒き散らす、

俺に笑へよ、酔つて暴れて
　おめへを抱かうぜ
こオんな具合《ぐえイ》に、――立派な髪毛ぢや
　嘸んでやらうゾ

苺みてエなおめへの味をヨ、
　肉の花ぢやよ
泥棒みてエにおめへを掠める
　風に笑へだ

御苦労様にも、おめへを厭《いと》はす
　野薔薇に笑へだ、
殊には笑へだ、狂つた女子《あまつこ》、
　こちのひとへだ！……

十七か！　おめへは幸福《しやはせ》。
おゝ！　広《ひれ》エ草ツ原、
素ツ晴らしい田舎！
——話しなよ、もそつと寄つてサ……

そなたが胸をばわが胸の上《へ》にだ、
話をしいしい
ゆつくりゆかうぜ、大きな森の方サ
雨水《あまみづ》の滝の方サ、

死んぢまつた小娘みてエに、
息切らしてヨウ
おめへは云ふだろ、抱いて行つてと
眼《め》エ細くして。

抱いてゆくともどきどきしてゐるおめへを抱いたら
　小径の中へヨ、
小鳥の奴めアゆつくり構へて、啼きくさるだろヨ
　榛ン中で。

口ン中へヨ俺ア話を、注ぎ込んでやら、
　おめへのからだを
締めてやらアな子供を寝かせる時みてエにヨウ、
　おめへの血は酔ひ

肌の下をヨ、青ウく流れる
　桃色調でヨ、
そこでおめへに俺は云はアな、
　——おい！　とね、——おめへにヤ分らア

森は樹液の匂ひでいつぱい、
　おてんと様ア
金糸でもつてヨ暗《くれ》エ血色の、森の夢なざ
　ぐッと飲まアナ。

日暮になつたら？……俺等《おいら》ア帰《けへ》らア、
　ずうッとつゞいた白い路をヨ、
ブラリブラリと道中《みちみち》草食ふ
　羊みてエに。

青草生《へ》エてる果物畑は、
　しちくね曲つた林檎の樹が、
遠方《ゑんぽう》からでも匂ふがやうに、
　強エ匂ひをしてらアな！

やんがて俺等は村に著く、
　空が半分暗《くれ》ェ頃、
乳臭ェ匂ひがしてゐようわサ
　日暮の空気のそン中で、

臭ェ寝藁で一杯《いっぺェ》の、
　牛小屋の匂ひもするべェよ、
ゆつくりゆつくり息を吐エてヨ
　大ツきな背中ア

薄明《うすらあかり》で白ウくみえてヨ、
　向ふを見ればヨ
牝牛がおつぴらに糞《くそ》してらアな、
　歩きながらヨ。

祖母《ばば》は眼鏡エかけ
　長《なげ》エ鼻をヨ
弥撒集《いのりぼん》に突ッ込み、鉛の箍の
　ビールの壺はヨ

大きなパイプで威張りくさつて
　突ン出た唇《くち》から煙を吐き吐き、
しよつちう吐エてる奴等の前でヨ、
　泡を吹いてら、

突ン出た唇奴《くちめ》等もつともつとと、
　ハムに食ひ付き、
火は手摺附の寝台や
　長持なんぞを照らし出してヨ、

丸々太つてピカピカしてゐる
　尻を持つてる腕白小僧は
膝ついて、茶碗の中に突つ込みやがらア
　その生《なま》ッ白《ちれ》エしやッ面《つら》を

その面《つら》を、小《ちい》せエ声してブックサ呟く
　も一人の小僧の鼻で撫でられ
その小僧奴の丸《まアる》い面《つら》に
　接唇とくらア、

椅子の端ッこに黒くて赤《あけ》エ
　恐ろし頭した
婆々《ばばあ》はゐてサ、燠の前でヨ
　糸紡ぐ――

なんといろいろ見れるぢやねエかヨ、
　この荒家《あばらや》の中ときた日にヤ、
焚火が明《あか》アく、うすみつともねエ
　窓の硝子を照らす時！

紫丁香花《むらさきはしどい》咲いてる中の
　こざつぱりした住居ぢや住居
中ぢや騒ぎぢや
　愉快な騒ぎ……

来なよ、来なつてば、愛してやらあ、
　わるかあるめエ
来なツたら来なよ、来せエしたらだ……

彼女曰く——

だつて職業《しごと》はどうなンの？

〔一五、八、一八七〇〕

音楽堂にて

シャルルギル・ガアルの広場

貧弱な芝地になつてる広場の上に、
木も花も、何もかもこぢんまりした辻公園に、
暑さにうだつた市民たち、毎木曜日の夕べになると、
恋々と、愚鈍を提げて集つて来る。

軍楽隊は、その中央で、
ファイフのワルツの演奏中、頻りに軍帽《あたま》を振つてゐる。
それを囲繞《とりま》く人群の前の方には気取屋連が得意げで、
公証人氏は安ピカの、頭字《かしらじ》入りのメタルに見入つてゐる際中。

鼻眼鏡《ロルニヨン》の金利生活先生達は、奏楽の、調子の外《はづ》れを気にします。
無暗に太つた勤人《つとめにん》等は、太つた妻君連れてゐる、
彼女の側《おそば》に行きますは、いと世話好きな先生達、
彼女の著物の裾飾と来ちや、物欲しさうに見えてます。

隠居仕事に、食料を商《や》る連中の何時も集る緑のベンチ、
今日も彼等はステッキで砂を掻き掻き大真面目
何か契約上のこと、論議し合つてゐるのです、
何れお金のことでせう、扨『結局……』と云つてます。

お尻の丸味を床几の上に、どつかと据えてるブルジヨワは、
はでな釦を附けてゐるビール腹したフラマン人、
オネン・パイプを嗜《たしな》んでゐる、ボロリボロリと煙草はこぼれる、
——ねえ、ホラ、あれは、密輸の煙草！

芝生の縁《ふち》では無頼漢共《わるども》が、さかんに冷嘲してゐます。
トロンボオンの節《ふし》につれ、甘《あま》アくなつた純心の
いとも気随な兵隊達は子守女と口をきかうと
まづその抱いてる赤ン坊をあやします。

——私は学生よろしくの身装《みなり》くづした態《ざま》なんです、
緑々《あをく》としたマロニヱの、下にははしこい娘達、
彼女等私をよく知つてゐて、笑つて振向いたりします
その眼付にはいやらしい、要素も相当あるのです。

私は黙つてゐるのです、私はジッと眺めてる
髪束《かみたば》が風情をあたへる彼女等の、白《しろ》い頸《うなじ》。
彼女等の、胴衣と華車《ちやち》な装飾《かざり》の下には、
肩の曲線《カーブ》に打つづく聖らの背中があるのです。

彼女等の靴も私はよく見ます、靴下だつてよく見ます。
扨美しい熱もゆる、全身像を更めて、私は胸に描きます。
彼女等私を嗤ひます、そして低声で話し合ふ。
すると私は唇に、寄せ来る接唇《べーぜ》を感じます。

〔一八七〇、八月〕

喜劇・三度の接唇

彼女はひどく略装だつた、
無鉄砲な大木は
窓の硝子に葉や枝をぶッつけてゐた。
意地悪さうに、乱暴に。

私の大きい椅子に坐つて、
半裸の彼女は、手を組んでゐた。
床《ゆか》の上では嬉しげに
小さな足が顫へてゐた。

私は視てゐた、少々顔を蒼くして、

灌木の茂みに秘《ひそ》む細かい光線が
彼女の微笑や彼女の胸にとびまはるのを。
薔薇の木に蠅が戯れるやうに、

私は彼女の、柔かい踝《くるぶし》に接脣した、
きまりわるげな長い笑ひを彼女はした、
その笑ひは明るい顫音符《トリロ》のやうにこぼれた、
水晶の摧片《かけら》のやうであつた。

小さな足はシュミーズの中に
引ッ込んだ、『お邪魔でしよ！』
甘つたれた最初の無作法、
その笑は、罰する振りをする。

かあいさうに、私の脣《くち》の下で羽搏いてゐた

彼女の双の眼《め》、私はそおつと接唇けた。
甘つたれて、彼女は後方《うしろ》に頭を反らし、
『いいわよ』と云はんばかり！

『ねえ、あたし一寸云ひたいことあつてよ……』
私はなほも胸に接唇、
彼女はけた〱笑ひ出した
安心して、人の好い笑ひを……

彼女はひどく略装だつた、
無鉄砲な大木は
窓の硝子に葉や枝をぶッつけてゐた
意地悪さうに、乱暴に。

〔一八七〇、九月〕

物語

I

人十七にもなるといふと、石や金《かね》ではありません。
或る美しい夕べのこと、——燈火輝くカフヱーの
ビールがなんだ、レモナードがなんだ？——
人はゆきます遊歩場、緑色濃き菩提樹下。

菩提樹のなんと薫ること、六月の佳い宵々に。
空気は大変甘くつて、瞼閉じたくなるくらゐ。
程遠き街の響を運ぶ風
葡萄の薫り、ビールの薫り。

Ⅱ

枝の彼方の暗い空
小さな雲が浮かんでる、
甘い顫へに溶けもいる、白い小さな
悪い星奴《め》に螫されてる。

六月の宵！……十七才！……人はほろ酔ひ陶然となる。
血はさながらにシャンペンで、それは頭に上ります。
人はさまよひ徘徊し、羽搏く接唇《くちづけ》感じます
小さな小さな生き物の、羽搏く接唇《くちづけ》……

Ⅲ

のぼせた心はありとある、物語にまで拡散し、
折しも蒼い街燈の、明りの下を過ぎゆくは

可愛いい可愛いい女の子
彼女の恐《こは》い父親の、今日はゐないをいいことに。

扨、君を、純心なりと見てとるや、
小さな靴をちよこちよこと、
彼女は怱ちやつて来て、
——すると貴君の唇《くち》の上《へ》の、単純旋律《カヷチナ》やがて霧散する。

Ⅲ

貴君は恋の捕虜となり、八月の日も暑からず!
貴君は恋の捕虜となり、貴君の恋歌は彼女を笑まし。
貴君の友等は貴君を去るも、貴君関する所に非ず。
——さても彼女は或る夕べ、貴君に色よい手紙を呉れる。

その宵、貴君はカフヱーに行き、

ビールも飲めばレモナードも飲む……
人十七にもなるといふと、遊歩場の
菩提樹の味知るといふと、石や金《かね》ではありません。

〔一八七〇、九月二十三日〕

冬の思ひ

僕等冬には薔薇色の、車に乗つて行きませう
　中には青のクッションが、一杯の。
僕等仲良くするでせう。とりとめもない接唇の
　巣はやはらかな車の隅々。

あなたは目をば閉ぢるでせう、窓から見える夕闇を
　その顰め面を見まいとて、
かの意地悪い異常さを、鬼畜の如き
　愚民等を見まいとて。

あなたは頰を引ッ搔かれたとおもふでせう。

接唇《くちづけ》が、ちよろりと、狂つた蜘蛛のやうに、
　あなたの頸を走るでせうから。

あなたは僕に云ふでせう、『探して』と、頭かしげて、
僕等蜘蛛奴《め》を探すには、随分時間がかゝるでせう、
　――そいつは、よつぽど駆けまはるから。

一八七〇、十月七日、車中にて。

災難

霰弾の、赤い泡沫《しぶき》が、ひもすがら
青空の果で、鳴つてゐる時、
その霰弾を嘲笑《あざわら》つてゐる、王の近くで
軍隊は、みるみるうちに崩れてゆく。

狂気の沙汰が搗き砕き
幾数万の人間の血ぬれの堆積《やま》を作る時、
——哀れな死者等は、自然よおまへの夏の中、草の中、歓喜の中、
嘗てこれらの人間を、作つたのもお丶自然《おまへ》！——

祭壇の、緞子の上で香を焚き

聖餐杯を前にして、笑つてゐるのは神様だ、
ホザナの声に揺られて睡り、
悩みにすくんだ母親達が、古い帽子のその下で
泣きながら二スウ銅貨をハンケチの
中から取出し奉献する時、開眼するのは神様だ。

〔一八七〇、十月〕

シーザーの激怒

蒼ざめた男、花咲く芝生の中を、
黒衣を着け、葉巻咥へて歩いてゐる。
蒼ざめた男はチュイルリの花を思ふ、
曇つたその眼《め》は、時々烈しい眼付をする。

皇帝は、過ぐる二十年間の大饗宴に飽き〱してゐる。
かねがね彼は思つてゐる、俺は自由を吹消さう、
うまい具合に、臘燭のやうにと。
自由が再び生れると、彼は全くがつかりしてゐた。

彼は憑かれた。その結ばれた唇の上で、

誰の名前が顫へてゐたか？　何を口惜《くや》しく思つてゐたか？
誰にもそれは分らない、とまれ皇帝の眼《め》は曇つてゐた。
恐らくは眼鏡を掛けたあの教父、教父の事を恨んでゐた、
――サン・クルウの夕べ夕べに、かぼそい雲が流れるやう
その葉巻から立ち昇る、煙にジッと眼《め》を据えながら。

〔一八七〇、十月〕

キャバレ・ヅールにて

午後の五時。

五六日前から、私の靴は、路の小石にいたんでゐた、
私は、シャルルロワに、帰つて来てゐた。
キャバレ・ヅールでバタサンドヰッチと、ハムサンドヰッチハムサンドヰッチを私は取つた、ハムの方は少し冷え過ぎてゐた。

好い気持で、緑のテーブルの、下に脚を投出して、
私は壁掛布《かべかけ》の、いとも粗朴な絵を眺めてた。
そこへ眼の活々とした、乳房の大きく発達した娘《こ》が、
——とはいへ決していやらしくない！——

にこにこしながら、バタサンドヰッチと、
ハムサンドヰッチを色彩《いろどり》のある
皿に盛つて運んで来たのだ。

桃と白とのこもごものハムは韮の球根《たま》の香放ち、
彼女はコップに、午後の陽をうけて
金と輝くビールを注いだ。

〔一八七〇年、十月〕

『皇帝万歳！』の叫び共に贏ち得られたる

花々しきサアル・ブルックの捷利

三十五サンチームにてシャルルロワで売つてゐる色鮮かなベルギー絵草紙

青や黄の、礼讃の中を皇帝は、
燦たる馬に跨つて、厳《いか》しく進む、
嬉しげだ、――今彼の眼《め》には万事が可《よ》い、――
残虐なることゼウスの如く、優しきこと慈父の如しか。

下の方には、歩兵達、金色《こんじき》の太鼓の近く
赤色《せきしよく》の大砲《ひづつ》の近く、今し昼寝をしてゐたが、
これからやをら起き上る。ピトウは上衣を着終つて、
皇帝の方に振向いて、偉《おほ》いなる名に茫然《ぼんやり》自失してゐる。

右方には、デュマネエが、シャスポー銃に凭《もた》れかゝり、
丸刈の襟頸《えりくび》が、顫へわななくのを感じてゐる、
そして、『皇帝万才！』を唱へる。その隣りの男は押黙つてゐる。
軍帽は、恰も黒い太陽だ！——その真ン中に、赤と青とで彩色された
いと朴訥なボキヨンは、腹を突き出し、ドッカと立つて、
後方部隊を前に出しながら、『何のためだ？……』と云つてるやうだ。

〔一八七〇、十月〕

いたづら好きな女

ワニスと果物の匂ひのする、
褐色の食堂の中に、思ふ存分
名も知れぬベルギー料理を皿に盛り、
私はひどく大きい椅子に埋まつてゐた。

食べながら、大時計《オルロージユ》の音を聞き、好い気持でジツとしてゐた。
サツとばかりに料理場の扉《と》が開くと、
女中が出て来た、何事だらう、
とにかく下手な襟掛をして、ベルギー・レースを冠つてゐる。

そして小さな顫へる指で、

桃の肌へのその頰を絶えずさはつて、
子供のやうなその口はとンがらせてゐる、

彼女は幾つも私の近くに、皿を並べて私に媚びる。
それからこんなに、——接唇《くちづけ》してくれと云はんばかりに——
小さな声で、『ねえ、あたし頰《ほつぺた》に風邪引いちやつてよ……』

シャルルロワにて、一八七〇、十月。

附　録

失はれた毒薬（未発表詩）

ブロンドとまた褐《かち》の夜々、
思ひ出は、ああ、なくなつた、
夏の綾織《レース》はなくなつた、
手なれたネクタイ、なくなつた。

露台《ヴルコン》の上に茶は月が
漏刻が来て、のんでゆく。
いかな思ひ出のいかな脣趾《くちあと》
ああ、それさへものこつてゐない。

青の綿布《めんぷ》の帷幕《とばり》の隅に
光れる、金の頭の針が
睡つた大きい昆虫のやう。

貴重な毒に浸されたその
細尖《ほさき》よ私に笑みまけてあれ、
私の臨終《をはり》にいりようである！

後　記

私が茲に訳出したのは、メルキュル版千九百二十四年刊行の「アルチュル・ランボオ作品集」中、韻文で書かれたものの殆んど全部である。たゞ数篇を割愛したが、そのためにランボオの特質が失はれるといふやうなことはない。

私は随分と苦心はしたつもりだ。世の多くの訳詩にして、正確には訳されてゐるが分りにくいといふ場合が少くないのは、語勢といふものに無頓著過ぎるからだと私は思ふ。私はだからその点でも出来るだけ注意した。

出来る限り逐字訳をしながら、その逐字訳が日本語となつてゐるやうに気を付けた。

語呂といふことも大いに尊重したが、語呂のために語義を無視するやうなことはしなかつた。

★

附録とした「失はれた毒薬」は、今はそのテキストが分らない。これは大正も末の頃、或る日小林秀雄が大学の図書館か何処かから、写して来たものを私が訳したものだ。とにかく未発表詩として、その頃出たフランスの雑誌か、それともやはりその頃出たランボオに関する研究書の中から、小林が書抜いて来たのであつた、ことは覚えてゐる。

――テキストを御存知の方があつたら、何卒御一報下さる様お願します。

★

いつたいランボオの思想とは？――簡単に云はう。パイヤン（異教徒）の思想だ。彼はそれを確信してゐた。彼にとつて基督教とは、多分一牧歌としての価値を有つてゐた。

さういふ彼にはもはや信憑すべきものとして、感性的陶酔以外には何にもなかつた筈だ。その陶酔を発想するといふこともはや殆んど問題ではなかつたらう。その陶酔は全一で、「地獄の季節」の中であんなにガンガン云つてゐることも、要するにその陶酔の全一性といふことが全ての全てで、他のことはもうとるに足りぬ、而も人類とは如何にそのとるに足りぬことにかかづらつてゐることだらう、といふことに他ならぬ。

襦子の色した深紅の燠よ、

それそのおまへと燃えてゐれあ
義務《つとめ》はすむといふものだ、

つまり彼には感性的陶酔が、全然新しい人類史を生むべきであると見える程、忘れられてはゐるが貴重なものであると思はれた。彼の悲劇も喜劇も、恐らくは茲に発した。所で、人類は「食ふため」には感性上のことなんか犠牲にしてゐる。ランボオの思想は、だから嫌はれはしないまでも容れられはしまい。勿論夢といふものは、容れられないからといつて意義を減ずるものでもない。然しランボオの夢たるや、なんと容れられ難いものだらう！

云換れば、ランボオの洞見したものは、結局「生の原型」といふべきもので、謂はば凡ゆる風俗凡ゆる習慣以前の生の原理であり、それを一度洞見した以上、忘れられもしないが又表現することも出来ない、恰も在るには在るが行き道の分らなくなつた宝島の如きものである。

もし曲りなりにも行き道があるとすれば、やつとヹルレーヌ風の楽天主義があるくらゐのもので、つまりランボオの夢を、謂はばランボオよりもうんと無頓着に夢みる道なのだが、勿論、それにしてもその夢は容れられはしない。唯ヹルレーヌには、謂はば夢みる生活が始まるのだが、ランボオでは、夢は夢であつて遂に生活とは甚だ別個のことでしかなかつた。

ランボオの一生が、恐ろしく急テムポな悲劇であつたのも、恐らくかういふ所からである。

★

終りに、訳出のその折々に、教示を乞ふた小林秀雄、中島健蔵、今日出海の諸兄に、厚く御礼を申述べておく。

〔昭和十二年八月二十一日〕

未発表翻訳詩篇

ノート翻訳詩

失はれた毒薬（旧訳）

ブロンドとまた褐《かち》の夜々、
思ひ出は、なくなつた、
夏の綾織《レース》はなくなつた、
手なれたネクタイは、なくなつた。

露台《ヴルコン》の上に茶は月が
漏刻が来て、のんでゆく。
いかな思ひ出のいかな唇趾《くちあと》
ああ、それさへものこつてゐない。

青の綿布の帷幕《とばり》のすみに

光れる、金の頭の針が
睡つた大きい昆虫のやう。

貴重な毒に浸されたその
細尖《ほさき》よ私に笑みまけてあれ、
私の臨終《をはり》にいりようだ！

ソネット 旧訳

七十の仏蘭西人、ナポレオン主義者、共和党員、
九十二年に於けるあなたがたの父親達を思ひ起す
が好い……
〔Paul de Cassagnac, Le Pays.〕

九十二年と九十三年との死者たち
自由の強き接唇に蒼ざめはてし、
鎮めよ、
汝等が木靴の下《もと》に。

嵐の中にて大いなる恍惚を知る人、
あなたがたの真情は襤褸の下の愛で翔ける、

おお、『死』の播いた兵卒、それらを再生せしむべく
古き畑を与ふなる高貴な情人、死。

汚されたすべての名誉を血をもて濯いだあなたがた、
ヴァルミイの死者、フルールの死者、イタリイの死者、
優しき蔭ある眼《まなこ》の千のキリストよ、

共和の名に於て我々はあなたがたを眠らせよう、
棒杭の前での如く国王の前に跪く我々に、
カサニヤックの同勢はあなたがたのことを憶出させる！

谷の睡眠者

これは緑草の窪《くぼ》、そこで小川が
銀の小草に烈しく沫《しぶき》して歌ふ、
矜らしげな山から太陽は、それに反射《いかへ》す、
泡立つ光の小さな谷。

若い兵卒、口を開いて無帽で
露ある草に頸条を
空の下の草地に倒れて眠る、
光の泪する緑の床に蒼ざめて。

踝《くるぶし》を水仙菖の中に、彼は眠る、微笑んで

病児の如く微笑んで、彼は深い夢に入つてる。
自然は彼をやさしくあやし、彼は冷たい！

いかなる香気も彼の鼻腔にひびきなく、
太陽の中に彼は眠る、手を静かな胸に置いて、
二つの血ぬれた穴を、右の脇腹に持つて。

翻訳詩ファイル

（彼の女は帰つた）

彼の女は帰つた。
何？　永遠だ。
これは行つた海だ
太陽と一緒に。

ブリュッセル

　　七月。レヂャン街。

快きジュピター殿につゞける
葉鶏頭の花畑。
——これは常春藤の中でその青さをサハラに配る
君だと私は知つてゐる。

して薔薇と太陽の棺と葛のやうに
茲に囲はれし眼を持つ、
小さな寡婦の檻！……
　　　　　なんて
鳥の群だ、オ　イア　イオ、イア　イオ！……

穏かな家、古代の情熱！
ざれごとの四阿屋。
薔薇の木の叢《むら》尽きる所、蔭多きバルコン、
ジュリエットよりはるか下に。

ジュリエットは、アンリエットを呼びかへす、
千の青い悪魔が踊つてゐるかの
果樹園の中でのやうに、山の心に、
忘られない鉄路の駅に。

ギタアの上に、驟雨の楽園に
唱ふ緑のベンチ、愛蘭土の白よ。
それから粗末な食事場や、
子供と牢屋のおしやべりだ。

私が思ふに官邸馬車の窓は
蝸牛の毒をつくるやうだ、また
太陽にかまはず眠るこの黄楊《つげ》を。
　　　　　　　　　　　　とにまれ
これは大変美しい！　大変！　われらとやかくいふべきでない。

※

——この広場、どよもしなし売買ひなし、
それこそ黙つた芝居だ喜劇だ、
無限の舞台の連り、
私はおまへを解る、私はおまへを無言で讃へる。

彼女は舞妓か？

彼女は舞妓か？……最初の青い時間《をり》に
火の花のやうに彼女は崩れるだらう……

甚だしく華かな市《まち》が人を喘がす
晴れやかな広袤の前に！

これは美しい！　これは美しい！　それにこれは必要だ
——漁婦のために海賊の唄のために、

なほまた最後の仮面が剝がれてのち
聖い海の上の夜の祭のためにも！

幸　福

お丶季節、お丶砦、
如何なる魂か欠点なき?

お丶季節、お丶砦、

何物も欠くるなき幸福について、
げに私は魔的な研究をした。

ゴールの牡鶏が唄ふたびに、
お丶生きたりし彼。

しかし私は最早羨むまい、
牡鶏は私の生を負ふた。

この魅惑！　それは身も心も奪つた、
そしてすべての努力を散らした。

私の言葉に何を見出すべきか？
それは逃げさり飛びゆく或物！

お丶季節、お丶砦！

黄金期

声の或るもの、
——天子の如き！——
厳密に聴きとれるは
私に属す、

酔と狂気とを
決して誘はない、
かの分岐する
千の問題。

「悦ばしくたやすい

Terque quaterque
この旋回を知れよ、
波と草本、
それの家族の！

それからまた一つの声、
——天子の如き！——
厳密に聴きとれるは
私に属す、

そして忽然として歌ふ、
吐息の妹のやうに、
劇しく豊かな
独乙のそれの。

世界は不徳だと

君はいふか？　君は驚くか？
生きよ！　不運な影は
火に任せよ……

Pluries

お丶美しい城、
その生は朗か！
おまへは何時の代の者だ？
我等の祖父の
天賦の王侯の御代のか。

Indesinenter

私も歌ふよ！
八重なる妹《いも》よ、その声は
聊かも公共的でない、
貞潔な耀きで
取り囲めよ私を。

航 海

銀と銅《あかがね》の戦車、
鋼《はがね》と銀の船首、
泡を打ち、
茨の根株を掘り返す。

曠野の行進、
干潮の大きい轍、
円を描いて東へ繰り出す、
森の柱へ、
波止場の胴へ、
角度はゴツゴツ、光の渦に。

翻訳草稿詩篇

眩　惑

我が心よ、これは何だ？　血の卓布
熾の卓布、千・殺戮の卓布、すべての秩序が地獄堕ちせし
狂へるながき叫びの卓布、
さて北風はこともなくそが残骸の上を往き過ぎる、

復讐つてのか？——つまるめえ！……だつてもね、
やれさ事業家、国王や、また元老院。
倒せよ、権力、正義と歴史。くたばらしちめえ！
してそれからだ、血だ血だ金の赤い焔だ。
戦ひ、仇討、恐懼のすべて。

わたしの意《こゝろ》は傷口ではまはるわ！　失《う》せろい！
騒ぎよ国王よ、
聯隊、移民、また人民。沢山だ！

誰か起すか、我ら及び四海の
我らが兄弟躁暴旋渦を？
我にとりては可笑しきやからの、それそれ我を喜ばせんと、
——旅行の仕儀でもあるめえな、おゝ波、火の波！

欧洲、亜細亜、亜米利加の、亡びもゆけよ。
我らが呪ひの旗挙げは、
町に田畠に！　砕けよや砕けよや！
火山よ飛べよ、海打てよ！

おゝ我が友よ！——そは確かなり彼らわが血肉！

知れざる闇よ、※とまれ我ら行くなり！
お、この凶運！　我が身ぞ慄ふ、老いたる地球よ、
やがてはわれの汝《なれ》にまで、地の底の底！

――――

（無義。其の処にありぬ、我常にも其の処にありぬ。）

※　とにまれ、とにもかくにもなり。

校　注

中原中也（一九〇七―一九三七）は、一九三三（昭和八）年十二月に三笠書房から『ランボオ詩集《学校時代の詩》』（以下、「三笠版」と略す）を刊行し、一九三七（昭和十二）年九月に野田書房から『ランボオ詩集』（以下、「野田版」と略す）を刊行した。

本書では『新編 中原中也全集』第三巻（角川書店、二〇〇〇年六月刊）を底本とし、三笠版の初刷本、野田版の第二刷本（一九三七年十一月刊）、中原思郎編『原文 中原中也詩集』（審美社）の第二刷本（一九七七年五月刊）と照合のうえテクストを確定した。

漢字については原則的に新字体とした。俗字、異体字等、字体をめぐる表記の整理については、煩雑になるためその一々を報告しない（なお、角川版全集で区別されていた「竝」と「並」、「蟲」と「虫」については、本書ではそれぞれ「並」と「虫」に統一した）。

仮名づかいは旧仮名づかいのままとし、振り仮名については加除を行わなかった。

角川版全集では、初版にあった体裁の不備や誤字脱字、仮名づかいの誤りを訂正している。その校訂一覧も参照しながら、今回の文庫化に際して特記しておく必要があると思われる訂正箇所および校異については以下に示す。

三笠書房版『ランボオ詩集《学校時代の詩》』

1

51行目「汝《なんじ》」を「汝《なんぢ》」に。

2　天使と子供

2行目「茲」を「茲」に。30行目「しないよう」を「しないやう」に。31行目「柩も見るよう」を「柩も見るやう」に。44行目「いはふか」を「いはうか」に。

3　エルキュルとアケロュス河の戦ひ

9行目「跳《おど》らせて」を「跳《をど》らせて」に。13行目「蜒蜿」を「蜿蜒」に。22行目「鍛えたる」を「鍛へたる」に。33行目「茲」を「茲」に。

4　ジュギュルタ王

1節2行目「孫！」を「孫！……」に。1節46行目「茲」を「茲」に。2節3行目「茲」を「茲」に。註1「レアブデルカデル」を「アブデルカデル」に。3節1行目「情神《こころ》」を「精神《こころ》」

に。

5

12行目「物」を「物音」に。41行目「致されますよう」を「致されますやう」に。

野田書房版『ランボオ詩集』

谷間の睡眠者

3行目「衿りかな」を「矜りかな」に。5行目「開《あ》さ」を「開《あ》き」に。

食器戸棚

2行目「趣味《あじ》」を「趣味《あぢ》」に。

わが放浪

3行目「ミーズ」を「ミューズ」に。8行目「ささやいて」を「ささめいて」に。

蹲踞

2行目「一眼《いちぐわん》」を「一眼《いちがん》」に。13行目「かぢかむで」を「かじかむで」に。15行目と16行目の間に★を入れた。

坐つた奴等

18行目「十《じう》」を「十《じふ》」に。26行目「聞こゑます」を「聞こえます」に。

七才の詩人

52行目「耀《かゞよ》う」を「耀《かゞよ》ふ」に。

盗まれた心

11行目「処《とに》」を「処《とこ》」に。

ジャンヌ・マリイの手

19行目「密」を「蜜」に。25行目「密柑」を「蜜柑」に。

最初の聖体拝受

I節22行目「按《を》かれた」を「按《お》かれた」に。III節4行目と5行目の間を一行あけた。III節13行目「どうしようも」を「どうしやうも」に。VIII節4行目と5行目の間を一行あけた。VIII節13行目「男の」を「《男の」に。VIII節18行目「接唇《くちつけ》」を「接唇《くちづけ》」に。

酔ひどれ船

19行目「安酒《やすさけ》」を「安酒《やすざけ》」に。27行目「竪琴」を「竪琴」に。42行目「小舎」を「牛小舎」に。45行目「衝突《あた》つた」を「衝突《あた》つた、」に。46行目「肌膚《はだえ》」を「肌膚《はだへ》」に。62行目「歔欷《すゝりなき》でもあつて」を「歔欷《すゝりなき》でもつて」に。75行目「蘇苔《こけ》」を「蘚苔《こけ》」に。89行目「抉《えぐ》り」を「抉《ゑぐ》り」に。92行目「しまう」を「しまはう」に。

母音

1行目「Oは赤」を「Oは青」に。2行目「穏密」を「隠密」に。7行目「飛散《とばち》つた」を「飛《とび》散《ち》つた」に。

四行詩

2行目「頸《うなぢ》」を「頸《うなじ》」に。

烏

5行目「降《を》ろして」を「降《お》ろして」に。10行目「路に」を「路に、」に。

朝の思ひ

20行目「持ちこたえられますよう」を「持ちこたえられますやう」に。

渇の喜劇

Ⅰ節5行目「私達《わしたち》」を「私達《わし》」に。Ⅰ節10行目「田園に……」と11行目「ごらん、……」の間にあった一行アキをなくした。Ⅰ節18行目「さ、持つといで」が一字下げだったのを二字下げに。Ⅱ節6行目「雪について……」と7行目「追放されたる……」の間を一行あけた。Ⅲ節6行目「緑柱……」と7行目「小生。……」の間を一行あけた。Ⅲ節8行目「勘免」を「勘弁」に。Ⅲ節2行目の「或る或る」を「或る」に。Ⅴ節1行目「鳩《ふたこゑど》」を「鳩《ふたこゑどり》」に。

恥

14行目「五月縄い」を「五月蠅い」に。20行目の「出ますよう」を「出ますやう」に。

忍耐

26行目「ないよう」を「ないやう」に。

永遠

14行目「条《すじ》」を「条《すぢ》」に。

最も高い塔の歌

8行目「見ないよう」を「見ないやう」に。11行目「停めないよう」を「停めないやう」に。

30行目「件ひ」を「伴ひ」に。

飢餓の祭り

22行目「野蒿苣《のぢしゃ》」を「野萵苣《のぢしゃ》」に。

海景

4行目「根根」を「根株」に。

孤児等のお年玉

Ⅰ節2行目「聞こゑる」を「聞こえる」に。Ⅱ節4行目「被等」を「彼等」に。Ⅱ節13行目「堪へてる」を「湛へてる」に。Ⅱ節16行目「毬毛《わたげ》」を『新編中原中也全集』では「毬毛《わたげ》」に訂正している。Ⅲ節18行目「跨足《はだし》」を「跣足《はだし》」に。Ⅲ節21行目「振唇《べーぜ》」を「接唇《べーぜ》」に。Ⅲ節11

行目「聞こゑる」を「聞こえる」に。

太陽と肉体

9行目と10行目の間を一行あけた。Ⅲ節15行目「堅琴」を「竪琴」に。Ⅲ節15行目「接唇《ベェゼ》」を「接唇《ベーゼ》」に。Ⅲ節30行目「アリアード」を「ドリアード」に。Ⅲ節41行目「鶯」を「鸎」に。

首吊人等の踊り

11行目「けじめ」を「けぢめ」に。

タルチュッフの懲罰

11行目「タルチュユッフ」を「タルチュッフ」に。

海の泡から生れたヴィナス

4行目「顔はへ」を「顔へは」に。9行目「脊柱《せすじ》」を「脊柱《せすぢ》」に。12行目「Vénus」を「Venus」に。

ニイナを抑制するものは

末尾に示された執筆年が「一七〇」となっていたのを「一八七〇」に。

音楽堂にて

30行目「頸《うなぢ》」を「頸《うなじ》」に。

喜劇・三度の接唇

16行目「擢片《かけら》」を「摧片《かけら》」に。

物語

Ⅲ節の1行目「拡散し。」を「拡散し、」に。

冬の思ひ

5行目「閉じる」を「閉ぢる」に。

災難

4行目と5行目の間、8行目と9行目の間、11行目と12行目の間をそれぞれ一行あけた。14行目「神様だ」を「神様だ。」に。

キャバレ・ヹールにて
2行目「シャヤルルロワ」を「シャルルロワ」に。

花々しきサアル・ブルックの捷利
題の「贏ち得られ」を「贏ち得られ」に。9行目「シャプソー銃」を「シャスポー銃」に。10行目「襟頸《えりく》」を「襟頸《えりくび》」に。

いたづら好きな女
10行目「肌え」を「肌へ」に。

失はれた毒薬
5行目「露台《ヴルコン》」を「露台《ヴルコン》」に。

後記
二三一頁1行目と二三三頁4行目「玆」を「茲」に。二三二頁13行目「糯子」を「繻子」に。
二三四頁6行目「申述べてをく」を「申述べておく」に。

ノート翻訳詩

失はれた毒薬(旧訳)

9行目「帷幬《とばり》」を「帷幕《とばり》」に。

ソネット 旧訳

エピグラムの「Cassagac」を「Cassagnac」に。

翻訳草稿詩篇

眩惑

2行目「殺戳」を「殺戮」に。

(二〇一三年七月、岩波文庫編集部)

解　説

宇佐美　斉

日本におけるフランス詩移入の実質的な起点を、上田敏（一八七四―一九一六）の『海潮音』に求めることに異論はないだろう。フランス詩が不充分ながらも一応系統的にフランス語から直接日本語に翻訳されるようになるのには、一九〇五（明治三十八）年刊行のこの訳詩集を待たねばならなかったからである。十九世紀後半の西洋詩をはじめて総合的に日本に紹介したこの記念碑的な書物に収録されたフランス語圏の詩人は十五名（うち一名はプロヴァンス語詩人）を数え、実に過半数に達する。主として高踏派と象徴派が扱われているが、敏自身はどちらかと言えば高踏派により親しみを覚えると述べている。しかしボードレールやマラルメなどフランス象徴派の作品が、この本を通して日本の近代詩に及ぼした影響には、はかり知れないものがある。

アルチュール・ランボー（一八五四―一八九一）は、『海潮音』に含まれていないが、その後公刊された敏によるランボーの翻訳もまた、小林秀雄（一九〇二―一九八三）や中原中也（一九〇七―一九三七）などの後進に大きな影響を与えた。一九〇九（明治四十二）年五月発行の『女子文壇』に載った「虱《しらみ》とるひと」、そしてとりわけ没後に公刊された「酔ひどれ船」である。後者は未完のままに残された四種の未定稿を、高弟の竹友藻風《たけともそうふう》（一八九一―一九五四）がアレンジして、さらに欠如の部分（特に第十五連）を補訳したものであると言われている。

京都時代の中原中也が、たまたま同地に滞在中の富永太郎（一九〇一―一九二五）と出会い、彼から「仏国詩人等の存在を学」んだのは、一九二四（大正十三）年夏のことであった。その後まもなく、『上田敏詩集』（玄文社、一九二三年刊）を入手して、以降少なくとも三回にわたり敏訳の「酔ひどれ船」を筆写している。もっとも中原がランボーの存在を初めて知ったのは、前年秋、丸太町橋際の古本屋で購入した高橋新吉（一九〇一―一九八七）の『ダダイスト新吉の詩』（中央美術社、一九二三年刊）によってであろう。辻潤（一八八四―一九四四）による同書の跋文に「ランボウ」への言及が見られるからである。いずれにせよ、中原の詩的出発にランボーの名がつきまとっていたこと、そしてそれ以降の十年余が、詩人としての創作活動に捧げられたものであると同時に、ランボーを初めとするフランス近代詩への旅でもあったことは、紛れもない事実である。

一九二五（昭和元）年三月に長谷川泰子とともに上京した中原は、富永の紹介により東京帝大仏文科に入ったばかりの小林秀雄と知り合い、いよいよ「詩に専心する」決意を固めると同時に、フランス詩への関心を高め、フランス語習得のための手だてをあれこれ模索することになる。泰子が小林のもとに奔《はし》ったのと富永が死去したのは、その年の十一月であったが、翌年早々には富永の親友正岡忠三郎から、原書の『ランボー著作集』を譲り受け、秋からいよいよアテネ・フランセに通い始めるのである。さらに一九三一（昭和六）年四月に、東京外国語学校専修科仏語に入学、以後三年間はフランス語の学習に余念がなかった。そしてその熱意はついに彼の死にいたるまで衰えることがなかった。一九三七（昭和十二）年秋、詩人が息を引き取る一ヶ月前に、京都の関西日仏学館から通信講義の教科書が届き、日記に「我再び学生なり」と記した事実が、何よりも雄弁な証《あかし》だろう。

中原中也はわずか三十年の生涯のうち、三度にわたりランボーの訳詩集を公刊している。詩集『山羊の歌』を刊行する前年の一九三三（昭和八）年に、三笠書房から『ランボオ詩集《学校時代の詩》を、ついで一九三六(昭和十一)年に山本書店から山本文庫で『ランボオ詩抄』を、そして一九三七(昭和十二)年には、その死のわずか数十日前に、野田書房から『ランボオ詩集』を出しているのである。

山本文庫版は、全十七篇を収める小冊子で、句読点や表記法に若干の手を加えたうえで、そのまま野田書房版『ランボオ詩集』に吸収して再録されている。しかしそれにしても、中原生前に刊行された単行本四点のうち、実に三点までがランボーの訳詩集であったことは、やはり注目に値するだろう。

本文庫の『ランボオ詩集』は、中原中也が生前に発表したこれらすべてのランボーの訳詩を主要部分として、これに生前未発表の訳稿十篇を加えて成ったものである。追補の内訳は、〈ノート翻訳詩〉および〈翻訳詩ファイル〉と呼ばれる翻訳草稿群(いずれも一九三三年にいたる数年間の制作と推定)から九篇、「眩惑」と題する未定稿(一九二八年制作と推定)一篇であるが、この十篇のうちには、生前発表の訳詩の異文も含まれている。

中原訳ランボーが韻文詩に限定されたのは、『地獄の季節』と『イリュミナシオン』が、すでに小林によって訳されていたからである。中原は、一九三〇(昭和五)年に小林が白水社から出した『地獄の季節』(『イリュミナシオン』を『飾画』と題して併録)の存在を前提にして、当初からいわば「棲み分け」を意識してランボーに取り組んだようである。

一九三四（昭和九）年、『アンドレ ジイド全集』を出していた建設社が、『ランボオ全集』の刊行を企画したことがある。第一巻「詩」（中原訳）、第二巻「散文」（小林秀雄訳）、第三巻「書翰《しょかん》」（三好達治訳）の全三巻。翌年三月から毎月一巻ずつの刊行予定であった。中原はこの企画を受けて、一九三四年秋から翌年春にかけてランボーの翻訳に集中したが、この全集の刊行は出版社の都合で実現しないままに終わった。しかし中原のランボー翻訳の試みは、その後も途絶することなく続けられ、山本文庫版と野田書房版に結実することになった。

中原の訳文については、野田書房版が出た直後に、春山行夫（一九〇二―一九九四）が、「文語と口語、雅語と俗語、全くの無秩序で、これがいやしくも詩人の手になつたものとは到底想像もつかない」と酷評した。春山が具体例として挙げたのは、「食器戸棚」と「虱捜す女」であるが、これらの初期詩篇においても、ランボーの原文には文語的なものと口語的なものとの混合が見られる。ロマン派や高踏派に学ぶことから始めて、わずか数年のうちに、めまぐるしく自身の韻文を変革していったランボーを翻訳するためには、むしろ語彙《ごい》と文体にある種の混合体が必要であった。

「感動」を例にとってこのことを確認しておこう。原詩はアレクサンドランと呼ばれる古典的な十二音節の詩句を用いているが、荘重体というよりは軽快な歩行のリズムに裏打ちされた清新な文体で書かれている。中原はこれを七音を基本にしつつ、随所に破格を用いて自由詩への傾きをあらわにする見事な訳文に仕立てている。語彙も、「夢想家」「果てなき」「天地」など文学的詩語を用いる一方で、「なぶらす」「女と伴れだつ」など親しみやすい俗語体を併用している。高踏派の厳格に過ぎる詩法上の規制を緩和し、古典的な韻律法の足枷《あしかせ》を逃れて、ついには〈新しい韻文と唄〉の創出を経て、最終的には散文詩の制作へと走り抜けたランボーを訳すのには、むしろ最もふさわしい文体上の工夫であったと言うべきだろう。

なかでも中原訳ランボーの白眉は、〈後期韻文詩(新しい韻文と唄)〉であろう。原作者と訳者の息と波長が巧まずして合致した、幸運な出会いの所産と言ってもよい。例えば「恥」の冒頭。

刃《は》が脳漿を切らないかぎり、
白くて緑《あを》くて脂《あぶら》ぎつたる
このムッとするお荷物の
さつぱり致さう筈もない……

あるいは「最も高い塔の歌」の冒頭。

何事にも屈従した
無駄だつた青春よ
繊細さのために
私は生涯をそこなつたのだ、

原詩はいずれも当時のランボーが愛用した奇数脚、「恥」は七音節、「最も高い塔の歌」は五音節の詩句で書かれている。脚韻も古典的な詩法を無視して、半諧音、つまり類似の母音の繰り返しで代用するなど、大胆な変革を行っている。中原訳はあらゆる面でこれに呼応して、韻文の妙を保持しつつも、柔軟で親しみやすい口語自由詩になっている。一人称の主語代名詞を、小林のように「俺」一辺倒で押し通すのではなく、「私」「小生」「俺」などと、場面と状況に応じて訳し分けているところにも、中原の自在な対応が見てとれよう。

中原訳ランボーのうちでも、とりわけ人口に膾炙《かいしゃ》したのは、やはり〈後期韻文詩〉の「幸福」だろう。この詩はもともと無題であるが、後述のように底本の編者ベリションが採用した「幸福」の仮題で当時は親しまれた。冒頭のルフラン(繰り返し句)の中原訳と原文のみを掲げる。

季節《とき》が流れる、城寨《おしろ》が見える、
無疵な魂《もの》なぞ何処にあらう?

O saisons, ô châteaux,
Quelle âme est sans défauts?

冒頭の一行は、世俗の欲望と浮薄な関心事に心を奪われて時空を漂ってきたと自覚する詩人が、来し方行く末を見晴るかした時に、あざやかに浮かび上がるさまざまな里程標を、わずか数語で提示して見事である。鼻母音の変化を含むo音の、のびやかにして律動的な繰り返し、そしてs音からz音へ、さらにはch音からt音へと転調する子音の軽やかな歩みと響きが、簡素であるが故につよい喚起力を持つ「城館」のイメージと結合することによって、早くも人間的な生の時空の茫漠さを、一瞬のうちに感得させずにはおかないのである。

時間の里程標としてのsaisons（季節）と空間の里程標としてのchâteaux（城）を、このように一見無造作に列挙することによって、読者を一気に明察の高みへと導くことに成功したのは、言うまでもなくこの二つのフランス語名詞が複数形であることと深く関係する。残念ながらこれに相当する日本語名詞には、この複数形が呼び覚ます豊かな感覚を再現する手だてがない。そこで思いきって、「流れる」「見える」という二つの動詞を補ったところに、訳者の創意と工夫が見てとれるだろう。

ところでこの創意工夫の手柄は、実は中原にではなく小林に帰せられるべきものであった。ランボーは『地獄の季節』の一章「言葉の錬金術」において、自身の旧作七篇を引用して、自己批評であると同時に自己擁護でもある、奇妙な二重性を帯びた小さなアンソロジーを編んでおり、本篇はそのうちの一篇である。白水社版『地獄の季節』においで無題で引用される「幸福」の異文冒頭は、以下の通り。

季節《とき》が流れる、城砦《おしろ》が見える。
無疵な魂《こころ》が何処にある。

中原がこの小林訳を踏襲したことは明らかだろう。ほとんど注目されてこなかった事実であるが、実を言うと、小林は一九三八(昭和十三)年に岩波文庫版の『地獄の季節』を出すにあたって、旧訳にかなり手を入れているのである。問題のルフランも次のように大幅に改訳されている。

あゝ、季節よ、城よ、
無疵なこゝろがどこにある。

この小林の改訳が、中原の死の数ヶ月後になされたものであることに注目しなければならない。また中原訳「幸福」の異文が〈翻訳詩ファイル〉に残されており（本書二五二―二五三ページ参照）、野田書房版の訳とは対照的な、いかにも生硬な直訳体のものであることも見逃せない事実である。小林が中原の死をはさんで進めていた『地獄の季節』の改訳改訂に際して、問題のルフランに関しては、自身の旧訳をいさぎよく放棄して、より簡素で直訳体に近いものを新たに採用した、つまり本来は自身の手柄であるはずの創意工夫の成果を、ひそかに「死んだ中原」に贈与したのではないか、との推測が成り立つゆえんである。この点については、拙著『中原中也とランボー』（筑摩書房、二〇一一年刊）で詳述したので、ここでは繰り返さない。

なお、小林が白水社版の「後記」で、「誤訳に至つては、水の中に水素が在る様に在るでありませう」と記したことは、よく知られている。中原訳もまた当然のことながら、意味の取り違いによるいくつかの誤訳を免れ得てはいない。ここではそうした些事《さじ》をあげつらうことはしないが、中原と小林の訳が読者を魅惑するものであるがゆえに、今日にいたるまで邦訳ランボーに誤解と悪影響を及ぼし続けている一例についてのみ、簡略に付言しておきたい。

〈後期韻文詩〉の「永遠」もまた「言葉の錬金術」にその異文が引用されており、小林、中原ともにこれを訳している。冒頭に《Elle est retrouvée.（あれが見つかった）》という有名な一句がある。これを「また見つかった」と解する邦訳が今も後を絶たないのは、二人の影響力ないし呪縛力の強さの証だろうか。小林は、白水社版、岩波文庫版ともに「また見付かつた、」、中原は、おそらくこれを踏襲して、野田書房版では「また見付かつた。」と訳している（ただし「翻訳詩ファイル」の草稿では「彼の女は帰つた。」）。この場合、他動詞 retrouver の接頭辞 re- に繰り返しの意味は一切ない。財布をなくした人が運良くそれが見つかったときに、「また見つかった」などと言うだろうか。日常のフランス語なら、《On l'a retrouvé!》とでも言うだろう。詩人は探し求めていた「あの永遠」を見いだして、思わず狂気して「見つかったぞ」と叫ぶのである。

中原訳ランボーが、こうした瑕瑾《かきん》にもかかわらず、小林訳ランボーとともに、今日もなお鑑賞に耐えうるすぐれたものであることは言うまでもない。日本におけるランボーの本格的な受容を一九三〇年代に決定的なものにした、この二人の傑出した文学者の訳業が、こうして岩波文庫にそろって収められることになったのを、読者とともになによりもまず喜びたい。彼らの翻訳は、単に外国文学の紹介にとどまらず、今や日本近代文学の古典そのものと言ってもよいものになっているからである。

けれどもそのことを正当に評価するためには、彼ら二人が翻訳の底本に使った原典そのものが時代的な制約を受けたものであることを、読者はあらかじめ知っておく必要があろう。ここでは以下に中原が翻訳の底本として用いた刊本とその問題点についてのみ、ごく簡略にいくつかの指摘を行っておきたい。

ランボー没後三、四十年の間に、相次いでいくつかの著作集が刊行されたが、それらはいずれも本文校訂作業が不充分であったり杜撰《ずさん》であったりして、今日ではほとんど顧みられることがない。この点で読者が多少とも安心してランボーのテクストに接することが出来るようになるのには、ブイヤーヌ・ド・ラコストによる三巻の批評校訂版（一九三九―一九四九年刊）を待たなければならなかった。以後今日にいたるまでのこの方面における日進月歩のめざましい成果については、ここでは詳述しない。

中原が『ランボオ詩集《学校時代の詩》』の翻訳に際して底本に用いたのは、一九三二年にメルキュール・ド・フランス社から刊行された左記の原書である。

Arthur Rimbaud, *Vers de Collège*, introduction et notes par Jules Mouquet, Mercure de France, Paris, 1932.

ランボーがシャルルヴィル高等中学校在学中に書いたラテン語の韻文詩五篇に、編者ジュール・ムーケの手になるフランス語訳と関連資料を添え、さらに解題を兼ねた序文を付したもの。中原訳は、同書の主要部分である対訳テクストのうち、フランス語訳のみに依拠した重訳である。ムーケの仏訳は、引用符ギュメの使用や詩行の配列などの点において、必ずしもラテン語原詩に忠実でないところが相当数あるが、中原訳はラテン語原詩にさかのぼってこれらの異同を顧慮したものとは考えられない。

次に中原が、山本文庫版『ランボオ詩抄』と野田書房版『ランボオ詩集』を翻訳出版するに際して底本に用いたのは、先述の通り彼が早くも一九二五年初頭に、正岡を介して入手していた左記の刊本であった。

Œuvres d'Arthur Rimbaud, vers et proses, revues sur les manuscrits originaux et les premières éditions, mises en ordre et annotées par Paterne Berrichon, préface de Paul Claudel, Mercure de France, Paris, 1924.

ランボーの妹イザベルと結婚したパテルヌ・ベリションが、メルキュール・ド・フランス社から一九一二年に刊行した『ランボー著作集』を初版とする刊本で、これはその十二年後に出た増補改訂版である。この刊本は当時としては可能なかぎり多くの作品を収録していたことに加えて、巻頭にポール・クローデルの序文を戴いていたこともあって、多くの読者の支持を得て、一九四〇年代末にいたるまで、いくつかの詩篇の追加と補訂を繰り返して版を重ねた。中原が用いた一九二四年版の構成は概略以下の通り。

クローデルによる〈序文〉。二十四篇の〈初期詩篇〉。未完の散文作品〈愛の砂漠〉。〈新しい韻文詩と唄〉二十篇と〈散文詩〉三十八篇とから成る『イリュミナシオン』。『地獄の季節』。編者による〈解題および出典〉。高等中学校時代の課題作文「シャルル・ドルレアンのルイ十一世宛書簡」と十九篇の〈初期詩篇〉から成る〈附録〉。

ここでは中原が訳出した韻文詩に限って、いくつかの問題点を指摘しておきたい。ベリションは、当時その存在が確認されていたほとんどすべてのランボーの自筆原稿や異文を利用し得る立場にあったが、必ずしもそれらを正当に評価して理にかなった校訂作業を行ったわけではなかった。制作年代の推定や作品の配列にかなり恣意的《しいてき》なところがある点も否定できない。煩瑣《はんさ》にわたるのでここでは詳述しないが、具体例については、

『新編 中原中也全集』第三巻「翻訳」(角川書店、二〇〇〇年刊)の解題篇を参照していただければ幸いである。

ベリション版の問題点のうち、中原訳との関係で特に見過ごすことが出来ないのは、『イリュミナシオン』の扱いである。ベリションはこの章題のもとに、一八七二年頃に書かれた〈後期韻文詩〉十八篇を収めている。つまり『イリュミナシオン』を〈I 新しい韻文詩と唄〉と〈II 散文詩〉の二章に分かって、前者のうちに、今日流布している種々の刊本では、散文詩集『イリュミナシオン』に含まれる「海景」と「運動」の二篇を加えて、計二十篇を収めているのである。中原が〈飾画篇〉と題して訳したのは、このうちの「海景」を含む十五篇である。

『イリュミナシオン』は、作者の生前に印刷と製本を終えた『地獄の季節』とは異なって、その刊行のはるか以前に著者自身の手を離れた詩集である。文学を放棄した作者本人の知らないままに、「ラ・ヴォーグ」誌に五回にわたって分載された後、ヴェルレーヌの序文を付した小冊子として刊行されたのは、一八八六年、詩人が世を去る五年前のことであった。しかしこの版は、作品の配列順、〈後期韻文詩〉の混入などの点で、いくつかの問題をはらむかなり杜撰なものであった。その後もランボーの作品集が幾種類も出版されたが、多少とも信頼に足る『イリュミナシオン』の刊本としては、先述のブイヤーヌ・ド・ラコストによる批評校訂版（一九四九年刊）を待たなければならなかったのである。

以上の経緯から見て、今日一方的にベリションの非を言い募ることは公平とは言えないだろう。当時ランボーの草稿研究は、未だその緒にもついていなかったのである。ただしベリションが〈新しい韻文詩と唄〉に収録した無題の詩篇に、恣意的な表題を付けたことは、正確なテクストを読者に提供するという校訂者の任務を逸脱した行為として、後世から非難を受けてもやむを得ないだろう。中原訳の「静寂」「幸福」「眩惑」などが、もともと無題の作品であったことをここで注記しておきたい。

なお中原が〈附録〉として追加した訳詩「失はれた毒薬」の原作は、彼自身が『ランボオ詩集』の「後記」で断っているように、ベリション版には収録されていない。この詩篇は、今日ではランボーの真筆ではなく、ジェルマン・ヌーヴォーの手になる偽作とするのがほぼ定説になっている。

中原によるフランス詩の翻訳の全貌は、『新編 中原中也全集』第三巻の本文篇と解題篇に見られる通りである。ヴィヨンからノアイユ夫人にいたるまで多岐に及ぶが、とりわけ、ランボーを中心として、ネルヴァル、ボードレール、ヴェルレーヌ、マラルメ、ラフォルグ等、フランス近代詩の勘所を押さえたものであることは、注目に値する。ただしヴェルレーヌの訳がわずか数篇にとどまっていることに、奇異の念を抱く読者がおられるかもしれないので、ここでひと言つけ加えておきたい。

中原の作品にはヴェルレーヌの影響がしばしば指摘される。『在りし日の歌』の「月の光 その二」などはその典型であるが、伊東静雄(一九〇六―一九五三)のように、ヴェルレーヌに気脈を通じるそうした歌謡調の作品にこそ中原の神髄がある、と主張する見方すらある。

事実、詩人としての中原はヴェルレーヌに親近感を抱いていて、むしろ自分の資質に溶けいらせるようにして、その詩に接していた節が見られる。翻訳の対象としてよりは、もっと身近な存在であったと言いかえた方がよいかもしれない。また、ヴェルレーヌに関してはすでに川路柳虹《かわじりゅうこう》(一八八八―一九五九)や竹友藻風などの先訳があり、河上徹太郎(一九〇二―一九八〇)や堀口大學(一八九二―一九八一)もこれに加わるという事情もあったのであろう。翻訳に関して言えば、中原は他人が手をつけたものには積極的に関与しないという性向の持主であったように思われる。

ランボーとヴェルレーヌに対する中也の接し方の違いは、例えば野田書房版「後記」の、次の一文からも読み取ることができる。

云換れば、ランボオの洞見したものは、結局「生の原型」といふべきもので、謂はば凡ゆる風俗凡ゆる習慣以前の生の原理であり、それを一度洞見した以上、忘られもしないが又表現することも出来ない、恰も在るには在るが行き道の分らなくなつた宝島の如きものである。

何やら、『在りし日の歌』の「言葉なき歌」の一節、「あれはとほいい処にあるのだけれど／おれは此処で待つてゐなくてはならない」の、「あれ」を彷彿《ほうふつ》とさせるような物言いである。ランボーが見たものは、時間や空間を計測して座標軸に位置を特定できるものではない。詩人はたまたまある時ある処でそれを「洞見」して、言葉にすることに成功はしたけれど、二度とそこへ戻ることも獲得した表現を定式化して繰り返すこともできない。アンドレ・ブルトンは、ランボーの詩作放棄の理由を問われて、至高点を極めた者がそっとそこから立ち去るようなものだ、と答えている。「宝島」に喩《たと》えた中原の見解とも、多分に共通するところがあるように思われる。

小林の最初期の詩人論「人生斫断家《しゃくだんか》アルチュル・ランボオ」に示された、きわめてロマンチックな見方、つまりランボーが『地獄の季節』以後たとえ一行でも詩を書いたなら、彼の詩は成立しなくなるだろうという、「文学の精算」と「言葉への訣別《けつべつ》」の物語とは、かなり異なった見解であると言わなければならないだろう。『イリュミナシオン』の草稿が『地獄の季節』以後に浄書され、制作時期も一八七三年から一八七五年にかけての数年間であったであろうことがほぼ実証されている今日、小林の作り上げた物語の基盤がすでに瓦解していることを思えば、中原の射程のほうがはるかにながく真実にはより近い。

中原は、ランボーが「見本」だけを見せて立ち去ったあとを受けて、自らはヴェルレーヌ風の「楽天主義」を掲げて持続する詩精神として生きていく、「つまりランボオの夢を、謂はばランボオよりもうんと無頓着に夢みる道」を歩むだろう、と述べているわけである。中原にとってランボーは、自らの詩の言語を鍛えあげ詩心を研ぎ澄ますためのかけがえのない利器、アンドレ・ジッドの喩えを借りれば、「鳥がくちばしを研ぐイカの甲」であったが、同時に彼が飛翔しようとする詩の宇宙にひときわつよく輝く導きの星でもあったに違いない。

二〇一三年七月

原題一覧

【三笠書房版『ランボオ詩集《学校時代の詩》』】
1 （*Ver erat*）
2 天使と子供 L'Ange et l'Enfant
3 エルキュルとアケロュス河の戦ひ Combat d'Hercule et du fleuve Acheloüs
4 ジュギュルタ王 Jugurtha
5 （*Tempus erat*）

★

【野田書房版『ランボオ詩集』】

【初期詩篇】

感動 Sensation *
フォーヌの頭 Tête de Faune *
びつくりした奴等 Les Effarés *
谷間の睡眠者 Le Dormeur du val *
食器戸棚 Le Buffet
わが放浪 Ma Bohème *
蹲踞 Accroupissements *
坐つた奴等 Les Assis
夕べの辞 Oraison du soir *
教会に来る貧乏人 Les Pauvres à l'église
七才の詩人 Les Poètes de sept ans
盗まれた心 Le Cœur volé *

ジャンヌ・マリイの手　Les Mains de Jeanne-Marie
やさしい姉妹　Les Sœurs de charité
最初の聖体拝受　Les Premières Communions
酔ひどれ船　Bateau ivre *
虱捜す女　Les Chercheuses de poux *
母音　Voyelles *
四行詩　Quatrain *
烏　Les Corbeaux *

【飾画篇】

静寂　Silence
涙　Larme
カシスの川　La Rivière de Cassis
朝の思ひ　Bonne Pensée du matin
ミシェルとクリスチイヌ　Michel et Christine
渇の喜劇　Comédie de la Soif
恥　Honte
若夫婦　Jeune ménage
忍耐　Patience
永遠　Éternité
最も高い塔の歌　Chanson de la plus haute Tour
彼女は埃及舞妓か？　Est-elle almée?
幸福　Bonheur
飢餓の祭り　Fêtes de la Faim
海景　Marine

【追加篇】

孤児等のお年玉　Les Étrennes des orphelins
太陽と肉体　Soleil et Chair

オフェリア　Ophélie ＊
首吊人等の踊り　Bal des pendus
タルチュツフの懲罰　Le châtiment de Tartufe
海の泡から生れたヴィナス　Vénus anadyomène
ニイナを抑制するものは　Ce qui retient Nina
音楽堂にて A la musique ＊
喜劇・三度の接唇　Comédie en trois baisers
物語　Roman
冬の思ひ　Rêvé pour l'hiver ＊
災難　Le Mal
シーザーの激怒　Rages de César
キャバレ・ヹールにて　Au Cabaret-Vert
花々しきサアル・ブルックの捷利
L'Éclatante Victoire de Sarrebruck
いたづら好きな女　La Maline ＊
【附録】
失はれた毒薬　Poison perdu
★
【未発表翻訳詩篇】
【ノート翻訳詩】
失はれた毒薬(旧訳)　Poison perdu
ソネット 旧訳　Sonnet
谷の睡眠者　Le Dormeur du val
【翻訳詩ファイル】
(彼の女は帰つた)　(*Elle est retrouvée.*)〔「永遠」第1行〕
ブリュッセル　Bruxelles
彼女は舞妓か？　Est-elle almée?

幸福　Bonheur
黄金期　Age d'Or
航海　Marine

【翻訳草稿詩篇】

幻惑　Vertige

＊印の付いている17篇の詩は『ランボオ詩抄』(山本文庫，1936年刊)に収録されていたもの．なお，原題は解説(289-290ページ)に掲出の底本に拠る．

ランボオ詩集《ししゅう》

2013年8月20日　第1刷発行
2024年5月24日　第8刷発行

訳　者　中原中也《なかはらちゅうや》

発行者　坂本政謙

発行所　株式会社 岩波書店
〒101-8002 東京都千代田区一ツ橋2-5-5

案内 03-5210-4000　営業部 03-5210-4111
文庫編集部 03-5210-4051
https://www.iwanami.co.jp/

印刷・理想社　カバー・精興社　製本・中永製本

ISBN 978-4-00-310972-4　　Printed in Japan

読書子に寄す

——岩波文庫発刊に際して——

岩波茂雄

真理は万人によって求められることを自ら欲し、芸術は万人によって愛されることを自ら望む。かつては民を愚昧ならしめるために学芸が最も狭き堂宇に閉鎖されたことがあった。今や知識と美とを特権階級の独占より奪い返すことはつねに進取的なる民衆の切実なる要求である。岩波文庫はこの要求に応じそれに励まされて生まれた。それは生命ある不朽の書を少数者の書斎と研究室とより解放して街頭にくまなく立たしめ民衆に伍せしめるであろう。近時大量生産予約出版の流行を見る。その広告宣伝の狂態はしばらくおくも、後代にのこすと誇称する全集がその編集に万全の用意をなしたるか。千古の典籍の翻訳企図に敬虔の態度を欠かざりしか。さらに分売を許さず読者を繋縛して数十冊を強うるがごとき、はたしてその揚言する学芸解放のゆえんなりや。吾人は天下の名士の声に和してこれを推挙するに躊躇するものである。このときにあたって、岩波書店は自己の責務のいよいよ重大なるを思い、従来の方針の徹底を期するため、すでに十数年以前より志して来た計画を慎重審議この際断然実行することにした。吾人は範をかのレクラム文庫にとり、古今東西にわたって文芸・哲学・社会科学・自然科学等種類のいかんを問わず、いやしくも万人の必読すべき真に古典的価値ある書をきわめて簡易なる形式において逐次刊行し、あらゆる人間に須要なる生活向上の資料、生活批判の原理を提供せんと欲する。この文庫は予約出版の方法を排したるがゆえに、読者は自己の欲する時に自己の欲する書物を各個に自由に選択することができる。携帯に便にして価格の低きを最主とするがゆえに、外観を顧みざるも内容に至っては厳選最も力を尽くし、従来の岩波出版物の特色をますます発揮せしめようとする。この計画たるや世間の一時の投機的なるものと異なり、永遠の事業として吾人は微力を傾倒し、あらゆる犠牲を忍んで今後永久に継続発展せしめ、もって文庫の使命を遺憾なく果たさしめることを期する。芸術を愛し知識を求むる士の自ら進んでこの挙に参加し、希望と忠言とを寄せられることは吾人の熱望するところである。その性質上経済的には最も困難多きこの事業にあえて当たらんとする吾人の志を諒として、その達成のため世の読書子とのうるわしき共同を期待する。

昭和二年七月